Wolfgang Knape
Anke Reimann

Die schönsten Harzer Märchen und Sagen

Schmidt BUCH

Wolfgang Knape (Text)
Anke Reimann (Illustration)

Die schönsten Harzer Märchen und Sagen

Schmidt-Buch-Verlag Wernigerode

Der Urian sitzt obenauf

Das war ein Sausen und Brausen in den Lüften! Ein Juchzen und Schluchzen. Ein Kichern und Meckern. Ein Stöhnen, ein Grunzen, ein Fauchen und Schreien. In der Nacht vor Walpurgis, die bekanntlich immer auf den letzten Apriltag fällt, lud der Oberteufel Urian seine Anhänger zum Hexensabbat auf den Brocken ein. Da kamen sie herbeigerauscht. Von Nord und Süd. Von West und Ost. Hatten Schürhaken und Forken zwischen den Beinen und ritten auf Fässern, auf Besen und Böcken zum Gipfel empor.

»Die Hexen zu dem Brocken ziehn,
Die Stoppel ist gelb, die Saat ist grün.
Dort sammelt sich der große Hauf,
Herr Urian sitzt obenauf.
So geht es über Stein und Stock,
Es f–t die Hexe, es st–t der Bock«,

dichtete Johann Wolfgang von Goethe und setzte der Walpurgisfeier auf dem Brocken ein bleibendes Denkmal. Kein anderes deutsches Gebirge verbindet sich in unserer Phantasie so stark mit Mythos, mit Sage und Märchen wie der Harz. Und seit Goethes »Faust« haben wir auch eine ungefähre Vorstellung von dem, was da Jahr für Jahr ablief, in der Walpurgisnacht.

Schon unseren germanischen Vorfahren war diese Nacht vor dem Wotanstag, an dem sie ihr Freuden- und Frühlingsfest feierten, heilig. Da fand die Vereinigung des Göttervaters mit der für Fruchtbarkeit und Sinneslust zuständigen Freya statt. Als dann die christlichen Franken unter Karl dem Großen den Stamm der Sachsen unterwarfen, erließen sie ein Götterverehrungsverbot. Doch die Sachsen pilgerten weiter zu ihren heiligen Hainen. Und pünktlich am dreißigsten April trieben sie, auf Stöcken und auf seltsamem Gerät reitend und zum Fürchten maskiert, die fränkischen Wächter in die Flucht.

An diesem Mummenschanz hielt man im Harz noch fest, als die germanische Freya schon längst von der christlichen Walpurga abgelöst worden war. Die mit dem Missionsbischof Bonifatius ins Land gekommene eng-

lische Nonne wurde als Schutzpatronin der Bauern und als Nothelferin der Kranken und Wöchnerinnen verehrt. Nach ihrer Heiligsprechung im Jahre 870 beging man den ersten Mai als ihren Namenstag und erklärte die Nacht davor zur Walpurgisnacht. Um den alten Glauben auszumerzen, wurde Wotan zum Teufel degradiert und mit Namen wie Urian, Satan, Mephisto oder Pferdefuß bedacht. Die »Hagedisen« genannten kräuterkundigen weisen Frauen hingegen erklärte man zu Giftmischerinnen

und Hexen, die Menschen wie Tiere verzauberten oder ihnen nach dem Leben trachteten.

Bis in die Zeit der Aufklärung hinein genügte es, eine lästige Buhlerin der Zauberei zu bezichtigen, um sie vor Gericht zu bringen. Oder man bezeugte, die missliebige Nachbarin zum Brocken habe fliegen und dort nackend ums Feuer tanzen sehen. Anschließend habe sie sich mit dem Gehörnten lustvoll zwischen den Steinen gerollt. Unter der Folter gaben die Beschuldigten zu, was man von ihnen hören wollte. Und wer der Hexerei überführt war und sich mit dem Teufel verbunden hatte, wurde verbrannt. Sieben- bis achttausend Opfer waren es vermutlich allein im Harz.

An den Tagen vor Walpurgis ließen die Männer ihre Frauen deshalb nicht aus den Augen. Manch einer sah dann die Eheliebste mit der Schwiegermutter aus dem

Schornstein auffahren und musste erkennen, dass er mit zwei Hexen unter einem Dach lebte. Andere gerieten ganz unfreiwillig auf den höchsten Harzberg, der auch Blocks- oder Brockels-Berg genannt wurde. Wieder andere trieb die Neugier zum Gipfel.

So lauerten auch einmal zwei Brüder aus Drübeck einer Nachbarin auf, von der es hieß, sie habe zu Walpurgis auf dem Brocken getanzt. In der elften Stunde flog tatsächlich das Hoftor auf und ein Heuwagen rollte, wie von Geisterhand gezogen, heraus, die schöne Nachbarin auf dem Bock. Ob sie denn mit aufsitzen dürften, fragten die beiden. Und im nächsten Augenblick hockten sie an ihrer Seite und flogen über die Klosterkirche St. Vitus hinweg und dem Brocken zu.

Dort oben war das Fest bereits in vollem Gange. Urian stieg gerade von der Teufelskanzel herab, die Hexen strömten in Scharen herbei und küssten ihrem obersten Dienstherrn das Gesäß. Unterdes hatte sich die Nachbarin schon einen Jung-Teufel gegriffen und zog ihn mit sich fort. Einer der beiden Drübecker war bei der Musikkapelle gelandet. Weil seine Schäferflöte nicht alle Töne sauber brachte, schenkte ihm Urian eine Schalmei. Darauf blies er bis zum Morgen und schlief danach fest ein. Als er aufwachte, waren die Nachbarin verschwunden, der Gipfel entvölkert und alles vorbei. Das Instrument, auf dem er gespielt hatte, entpuppte sich als tote Katze und das Mundstück zwischen seinen Lippen als ausgekauter Schwanz.

Ein Bergmann aus Clausthal verspottete einmal einen furchtsamen Kameraden, der am Abend vor Walpurgis nie das Haus verließ. Wer sich ihm am »Wulperschahmd« in den Weg stellen würde, der könne sein blaues Wunder erleben, tönte der Bergmann. Nun fügte es sich einmal, dass er ausgerechnet am Walpurgisabend zur Schicht musste. Unterwegs überholte ihn ein Schwarm alter Weiber, die flogen auf abgewetzten Besen zum Brocken hinauf. Als eine von ihnen den Bergmann unter sich sah, ließ sie sich – klatsch! – auf seinen Rücken fallen. Da musste er sie wohl oder übel zum Gipfel tragen. Wollte er verschnaufen, drückte sie ihm ihre spitzen Hacken so gemein in die Lenden, dass er aufheulte wie ein getretener Hund. Auf dem Plateau angekommen, fiel er wie tot ins Gras und schlief sofort ein. Der neue Morgen brach bereits an, da weckten ihn

die Alten. Noch einmal sollte er ihr Reittier sein. Jetzt hockte eine andere Alte bei ihm auf, knabberte an seinen Ohren und biss ihn übermütig ins Genick. Auf der Höhe vor Clausthal sprang sie ab, schob wieder ihren Besen unter den Rock und nahm dem Bergmann das Versprechen ab, über alles Geschehene zu keinem Lebenden ein Sterbenswort zu verlieren.

Als jedoch sein Eheweib den geröteten Rücken, die geschundenen Lenden, die beknabberten Ohren und am Hals die Bissstellen sah, wurde sie zickig und verlangte eine Erklärung. Da schickte der Bergmann seine Frau in die Küche, um den Ofen anzuheizen, der zur Hälfte in der Stube stand. Und während er auf der einen Seite erzählte, was ihm auf dem Weg zum Brocken widerfahren war, kniete seine Frau auf der anderen und hörte vorm Feuerloch aufmerksam zu. Weil sie kein solches Gelübde hatte ablegen müssen, ging sie zum Richter und zeigte die Frauen an. Die wurden verhört und gepeinigt und am Ende als Hexen verbrannt.

Einmal versteckte sich ein junger Bursche am Abend vor Walpurgis unter dem Bett seiner Braut. Da sah er, wie sie mit Stöcken und Salben hantierte und gegen Mitternacht durchs offene Fenster entschwand. Rasch sprang er ihr nach, schwang sich in einen Backtrog und kam fast gleichzeitig mit der Liebsten auf dem Brocken an, wo sie tanzten und sich miteinander vergnügten. Für den Heimritt bekam sie vom Stallmeister des Teufels ein Mutterschwein und er ein Kalb. Dabei wurden sie ermahnt, den gesamten Weg über eisern zu schweigen und nichts mitgehen zu lassen, vom heiligen Berg.

Der Bursche hatte jedoch bereits einen Goldbecher in seiner Tasche. Weil ihm das Kälbchen so viel Freude bereitete, vergaß er auch für einen Moment das Gebot zu schweigen und lobte im Überschwang das junge Tier. Justament in dem Augenblick schleuderte ihn eine Urkraft gen Himmel. Er verlor das Bewusstsein und landete ziemlich unsanft in einem fernen Land. Der Hintern schmerzte wie nach einem Teufelstritt und als er nach dem Becher tastete, hielt er einen Pferdefuß in der Hand.

Zwei Jahre dauerte die Rückkehr. Seine Liebste hatte gewartet und erschien ihm schöner denn je. Er traf am Abend vor Walpurgis ein. Das Fenster stand weit offen. Auf der Bank lag der Reisigbesen und seine Braut tunkte gerade ihre Hände in den Salbennapf.

Ostermorgenjungfrau

Auf dem Bergsporn zwischen Lerbach- und Sösetal stand eine stolze Reichsburg. Von ihr ist nur wenig geblieben. Die Bewohner von Osterode nutzten sie später als Steinbruch. Allein der fünfunddreißig Meter hohe Bergfried lässt ahnen, wie bedeutend und großartig diese Anlage einmal gewesen sein muss.

Einst lebte ein Grafenpaar auf der Burg, das hatte eine sehr schöne und aufrichtige Tochter, die oft in die Hütten der Armen und Kranken ging. Die Mutter des Mädchens starb frühzeitig und bald spürte auch der Graf, dass seine Zeit gekommen war. Deshalb schickte er nach dem Kaplan, einem alten Vertrauten der Familie, und bat ihn, sich nach seinem Ableben der verwaisten Tochter anzunehmen und bei der Wahl eines Gatten ratend zur Seite zu stehen. Der Geistliche versprach dies gern.

Kaum war nun der Graf gestorben, schlugen die ersten Freier ans Tor. Unter ihnen gab es nicht wenige, die vor allem auf das Erbe der jungen Burgfrau spekulierten. Doch die Grafentochter durchschaute die Herren und lehnte ihre Anträge ab. Auch der Ritter von der Harzburg, ein rauflustiger Geselle, der sich mit jedem anlegte und sich um alles schlug, warb um die Hand der schönen Jungfrau. Dreimal kam er nach Osterode und dreimal begegnete sie seinem Begehren mit einem entschlossenen: Nein!

Da wollte er sich das Mädchen mit Gewalt nehmen, zog wildentschlossen zur Burg und verschaffte sich Einlass. Kaum standen seine vermummten Mannen im Hof, fing schon ein grausames Stechen und Schlagen an. Die Wachen wehrten sich zwar tapfer, hatten jedoch keine Chance.

Die junge Herrin flüchtete in ihre Gemächer, aber der Harzburger setzte ihr nach. Als ihm der Kaplan den Weg versperren wollte, stach er ihn nieder, trat die Tür zum Fräuleinzimmer ein und stürzte auf das Mädchen zu. Das stand schon auf dem Fenstersims. Und als der Unhold es packen und mit sich fortreißen wollte, erflehte es den Beistand der Heiligen, schloss die Augen und – sprang.

Im selben Moment bebte die Erde. Ein gewaltiger Orkan brachte alles zum Einsturz und begrub den Ritter samt seiner Schar. Das Mädchen indes kam wohlbehalten unten an. Es fand sich in einem Gewölbekeller

wieder, der unter der Reichsburg lag und voller Schätze war. Dort lebte es nun fernab von der Alltagswelt. Nur einmal im Jahr erschien es den Menschen. Und wer an einem Ostermorgen vor Sonnenaufgang zum Burgberg ging, konnte die Grafentochter in der Söse baden sehen. Den Frühaufstehern winkte sie freundlich zu. Jene, die ohne eigene Schuld in Not geraten waren, nahm sie mit in den Berg und beschenkte sie reich.

In Osterode lebte einmal ein Leineweber, der eine todkranke Frau zu pflegen und eine große Schar Kinder zu ernähren hatte. Weil er nicht mehr ein noch aus wusste, machte er sich auf den Weg zu einem reichen Vetter, um sich von ihm etwas Geld zu leihen. Doch der Verwandte war herzlos und schickte ihn fort. Bekümmert trat der Leineweber den Heimweg an. Er ging auch nachts, denn er wollte pünktlich zum Osterfest zurück und wieder bei seinen Lieben sein. Der Zufall fügte es nun, dass ihn der Weg in aller Herrgottsfrühe ausgerechnet am Burgberg vorbeiführte. Er sah die Ostermorgenjungfrau am Wasser stehen und sie sprach ihn an. Was denn so auf seiner Seele laste, wollte sie wissen. Also erzählte ihr der Leineweber von seiner Familie und der ständigen Not.

Gern hätte die Jungfrau dem Wanderer noch geholfen. Aber im Osten dämmerte bereits der Morgen und am Himmel zeigte sich schon ein Streifen Morgenrot. Höchste Zeit für sie, von diesem Ort zu verschwinden. »Es ist vorbei. / Längst schlug es drei. / Nachts komm zurück. / Suche das Glück! / Schweige dabei!«, hörte der Leineweber die Jungfrau noch sagen, bevor ein Nebelschwaden sie einfach verschluckte.

Eiligst rannte er nach Hause, weckte die Kranke und berichtete ihr von seiner Begegnung mit der weißen Frau und ihrer Einladung für die Nacht. Die Zeit bis zum Abend schleppte sich dahin. Als die Glocke zu Mitternacht schlug, befand sich der Leineweber schon auf dem Weg zur Burg. Im Mondlicht sah er eine Lilie zwischen den Ruinen stehen. Er bückte sich und im selben Moment erschien die weiße Frau. Sie winkte den Weber zu einer Senke. Dort fand er einen Kessel, gefüllt mit purem Gold. Davon durfte er nehmen, was in seine Taschen passte. Zuletzt füllte er auch noch seinen Hut.

Nun hatte alle Not ein Ende. Ein Arzt wurde gerufen, der machte die Frau des Leinewebers wieder gesund. Die Kinder mussten nie mehr Hunger leiden und die Familie zog in ein richtiges Haus. Niemals aber vergaßen die Eheleute, wem dafür Dank gebührt. Und so lange ihre Füße sie tragen konnten, gingen sie am Ostermorgen ans Wasser der Söse und hinauf zu den Ruinen der alten Burg.

Der vorlaute Landmann

Ein Hünenfräulein aus der Gegend von Halle hatte ihre beste Freundin im Harz. Einmal ging das Riesenmädchen am Petersberg spazieren. Vergnügt sah es den Fangespielen der Eichkätzchen zu, rannte farbigen Faltern nach, bückte sich nach duftenden Kräutern und Blumen und stand plötzlich im Harz und direkt über dem Selketal. Vom Ramberg her winkte schon die Gespielin herüber. Um nun aber dorthin zu gelangen, hätte sie die steile Felsentreppe ins Tal nehmen und auf der anderen Seite mühevoll wieder hinaufsteigen müssen. Zu einer solchen Kletterpartie verspürte die Hallenserin nicht die geringste Lust. Die Luft flimmerte an diesem Tag und es war glühend heiß. Da stand sie nun zaudernd über dem Abgrund und wusste nicht, ob sie den Sprung wagen sollte oder besser nicht. Mehrfach nahm sie Anlauf, traute sich dann aber doch nicht.

Über ihre missglückten Versuche amüsierte sich ein Bauer. Der ging gerade auf einem Acker bei Harzgerode hinter seinem Pflug. »So groß und so viel Schiss vorm Springen!«, höhnte er herüber und knetete dabei vor Lachen seinen Bauch. Dieser Zuruf ärgerte die junge Riesin gewaltig. Und weil die Freundin auf dem Ramberg auch schon ungeduldig hin und her lief, raffte sie ihre Schürze, warf das entsetzte Bäuerlein samt Pflug, Pferd und Ackerwagen hinein und sprang mit einem tollkühnen Satz über das Tal – der Freundin fast in den Schoß. Frohgemut entleerte sie ihre Schürze, stellte das Pferd und den Bauern wieder auf die Füße, den Wagen auf die Räder und gab dem vorlauten Landmann auf den Hintern noch einen kräftigen Klaps. »Dumm gelaufen«, ärgerte der sich und benötigte, um wieder nach drüben und auf seinen Acker zu gelangen, einen reichlichen halben Tag. Über diesen Zwischenfall verlor er natürlich kein Sterbenswörtchen. Seinen geröteten Hintern ließ er niemanden sehen. Und über große Frauen, die sich vorm Springen fürchten, lachte er fortan nie wieder.

An der Stelle, an der die junge Riesin gestanden und so lange mit sich gerungen hatte, blieb ein respektabler Eindruck im Felsen zurück. Der könnte freilich auch von jener Bauerndirne stammen, die sich so sehr nach ihrem Liebsten verzehrt haben soll, dass sie zu rein gar nichts mehr

zu gebrauchen war. Der Auserwählte, ein Schäfer, hütete die Herde auf dem Berg vis-à-vis. Und als das Mädchen nicht mehr länger warten wollte, sprang es gleichfalls über das Selketal, wo es der stürmische Schäfer auffing und nicht mehr fallen ließ. Ein Ziegenbock, in dem sich der Teufel verborgen haben soll, war bei diesem Sprung vermutlich als Helfer zugegen. Feine Nasen wollen jedenfalls noch lange danach am Mägdesprung einen Restgestank von Schwefel wahrgenommen haben.

Sage vom Ritter Ramm

Die ersten deutschen Könige und Wanderkaiser jagten gern im Harz. Einmal verfolgte hier der im Dienste von Otto dem Großen stehende Ritter Ramm einen kapitalen Hirsch. Doch das Tier hatte Lunte gerochen und preschte der nächsten Höhe zu. Von dort rannte es bergab und wieder bergan und immer hart an der Felsenkante entlang, bis ihm der Reiter nicht mehr zu folgen vermochte. Er band deshalb sein Ross an einen Baum und setzte dem Hirsch zu Fuß nach, lockte ihn in einen Hinterhalt und brachte ihn zur Strecke. Das alles dauerte eine ganze Weile und als der Ritter endlich wieder zurückkehrte, wollte er seinen Augen nicht trauen: Das ungeduldige Ross hatte den Boden unter seinen Hufen aufgewühlt und dabei den darunterliegenden Felsen frei gelegt. Der glänzte nun in der Sonne wie ein übergroßes Silbertablett.

Ramm sammelte ein paar Gesteinsbrocken in seinen Mantelsack und ritt auf die Harzburg. Dort übergab er dem Koch das Wildbret und präsentierte dem staunenden Kaiser den Fund. Einen Erzklumpen von dieser Güte hatte auch Otto der Große nördlich der Alpen noch nie gesehen. Die Aussicht auf ein großes Silbervorkommen ließ ihn frohlocken und er übertrug dem Ritter die Schürfrechte für den gesamten Berg. Ramm engagierte erfahrene Bergleute und errichtete eine Siedlung, die er Goslar nannte, zu Ehren seiner Frau Gosa. Das Flüsschen hieß fortan die Gose und der Berg, auf dem das Silbererz gefunden wurde, der Rammelsberg.

Mehrmals am Tag spielen heute die aus den Erzen des Berges gegossenen Glocken am Giebel der alten Kämmerei volkstümliche Melodien und Bergmannsweisen, während die Figurengruppen auf dem Umlauf ein Jahrtausend Goslarer Bergbaugeschichte auferstehen lassen. Und zu dieser Geschichte gehören neben dem Ritter und seinem Ross auch der Zwist zwischen den Bevölkerungsgruppen und der »lange Tanz«.

Einst ließ der Kaiser nämlich Spezialisten aus Franken kommen, damit diese das Bergwerk entwässern und das Hüttenwesen beleben sollten. Die Neuankömmlinge siedelten sich um den nach ihnen benannten Frankenberg an. Das Schmutz- und Giftwasser aus den Schächten leiteten

Anke
04/2010

sie zwar vorbildlich ab, aber direkt in die Gose, die durch die Siedlung der alteingesessenen Sachsen führte. Denen mangelte es nun ständig an sauberem Wasser. Wenn dann noch bei den Franken Großreinemachen angesagt war und dabei aller Unrat in das Flüsschen gekippt wurde, stank es bei den Sachsen so bestialisch, dass ihnen unweigerlich Rachegedanken in den Sinn kamen. Zu solchen Zeiten herrschte dann in Goslar Krieg. Schlagbäume und Zäune wurden errichtet, um die Streithähne voneinander fern zu halten. Ketten wurden gespannt, woran noch heute ein Straßenname erinnert. Es gab sogar Tote und Verletzte. Und irgendwann kam der Rat nicht umhin, einen Kanal bauen zu lassen, der das Viertel der Sachsen mit Frischwasser versorgte.

Leider ließen sich damit die angestaute Wut und die gegenseitige Abneigung nicht mehr aus der Welt schaffen. Vermutlich hätte sich an dieser Situation auch ewig nichts geändert. Doch eines Tages verliebten sich zwei junge Leute ineinander. Sie: eine schöne und geradlinige Sächsin; er: ein Steiger im Rammelsberg, gutmütig und mit fränkischem Akzent. Beider Eltern liefen gegen diese Verbindung Sturm. Verwandte wie Nachbarn steuerten beflissen Gründe bei, weshalb eine solche Verbindung nicht würde halten können.

Weil nun aber die Liebenden nicht voneinander lassen und Schlimmeres verhindern wollten, schmiedeten sie einen verblüffenden Plan. Jeder von ihnen lud in seinem Stadtteil zu einem Tanzfest ein – natürlich zur selben Stunde und am selben Tag. So versammelten sich die Franken in ihrem schönsten Festtagsputz am Frankenberg, während sich die jungen Sachsen und Sächsinnen in ihrem Viertel aufreihten. Tanzend und fröhlich singend machten sich die beiden Züge auf den Weg.

An der Ägidienkapelle fand die Begegnung statt. Nur wenig später reichte der Sachse einer Fränkin die Hand und der Franke hielt eine Sächsin im Arm, bis am Ende alles sehr bunt und gut durchmischt war. Munter tanzte sich diese feierliche Prozession durch die gesamte Stadt. Danach war nichts mehr wie früher. Das neue Frühlingsfest wurde nun alljährlich wiederholt und Stück für Stück verloren auch immer mehr Ältere ihre Scheu und reihten sich ein.

Mit der Reformationszeit wurden die beim »langen Tanz« gesungenen Lieder etwas aufmüpfiger. Als man Kaiser Maximilian, der Goslars Rech-

te gerade gehörig beschnitten hatte, auf einen Esel setzte, den Papst als Schweinereiter im Zug mitführte und dem Bürgermeister eine Fuhre Mist in den Eingang kippte, schritt die Obrigkeit ein und verbot das Versöhnungsfest. 1588 wurde es ganz abgeschafft. Doch zu dieser Zeit kannte bereits jeder Franke die sechs Vorzüge einer Sächsin und kein Goslarer Sachse ließ etwas kommen auf sein fränkisch-sächsisches Weib.

Christnacht

Eine fromme Bauersfrau aus Wildemann hatte sich vorgenommen, am Weihnachtsmorgen zur Christmette zu gehen. In der Nacht wachte sie auf. Und weil sie meinte, es sei an der Zeit, kleidete sie sich an, knotete das Tuch unterm Kinn und verließ das Haus.

Seit Tagen hatte es geschneit. Sorgsam darauf bedacht, nicht vom Weg abzukommen, stapfte die alte Frau durch den hohen Schnee. Manchmal musste sie eine Pause einlegen. Dabei wunderte sie sich, dass niemand vor ihr ging und keiner nach ihr kam und dass um sie herum nichts als Stille herrschte. Sie schob das eine der mangelnden Sehkraft ihrer Augen zu, das andere dem nachlassenden Gehör.

Lächelnd und in Erwartung der frohen Botschaft schritt sie weiter. Von Kindesbeinen an war sie auf diesem Weg zur

Christmette gegangen. Zu Anfang an der Hand der Geschwister und der Eltern, später am Arm ihres Mannes, eines rechtschaffenen Bergmannes, der in der Grube starb. Nur ein einziges Mal war sie zu Hause geblieben – in jener Nacht hatte sie ihr erstes Kind geboren.

Die Frau betrat den schmalen Steg, der die Ufer des vereisten Flüsschens miteinander verband. Sie sah am Berg das erleuchtete Gotteshaus stehen; die Tür war weit geöffnet. Die Frau schlug den Schnee von ihren Stiefeln und trat in die geschmückte Kirche ein. Auf dem Altar flackerten Kerzen und die Christbäume zur Linken und zur Rechten waren von vielen Lichtern erhellt. Die Bäuerin setzte sich auf ihren angestammten Platz.

Als nach geraumer Zeit die Mette noch immer nicht begann, beugte sie sich vor, um nach den anderen zu sehen. Aber die Kirche war menschenleer! Erschrocken glaubte sie, zu spät aufgestanden zu sein und die Predigt deshalb verpasst zu haben. Dann schlug die Turmuhr elfmal und mit dem letzten Schlag setzte das Geläut der Kirchenglocken ein. Nach und nach füllte sich das Gotteshaus. Die Eintretenden nickten der alten Frau zu und sie erwiderte, sichtlich erleichtert, jeden Gruß. Einige, und das wunderte sie, waren etwas altmodisch gekleidet. Und obwohl es in der Kirche kalt war, stand keinem eine Atemfahne vor dem Mund. Da erschrak die Bäuerin abermals, denn sie sah sich von Gestalten

umgeben, die schon lange tot waren und eigentlich tief unter dem Schnee auf dem Friedhof ruhten. Ehe sie weiter darüber nachdenken konnte, erklang feierlich die Orgel von der Empore. Der Geistliche stieg auf die Kanzel und predigte mit solcher Kraft und in so klaren Bildern, wie es die alte Bäuerin noch nie zuvor erfahren hatte. Aber auch der Pfarrer, so erinnerte sie sich, war ja bereits seit Jahren tot.

Als der Segen gespendet und das Amen gesprochen war, schlug die Glocke zwölfmal. Dann war alles vorbei. Die Lichter erloschen, die Kirche wurde finster und die Bäuerin saß wieder allein in ihrer Bank. Erschöpft und völlig durchgefroren erreichte sie den Hof.

Im Haus hatte man sie bereits vermisst. In Decken gehüllt wurde sie auf die Ofenbank gebettet. Während sie den Tee schlückchenweise trank, erzählte sie den Umstehenden mit schwacher Stimme von dem Erlebten. In der Ferne setzte gerade das Mettengeläut ein. Jetzt traten die Lebenden aus den Häusern. In den Spuren der Bäuerin schritten sie zur Kirche, während die alte Frau zur selben Stunde, auf ihrer Ofenbank liegend, die Augen für immer schloss.

Der Verschüttete vom Silbertrumm

Von den sieben Bergstädten des Oberharzes ist Bad Grund die älteste. 1532 verlieh der Herzog von Braunschweig dem kleinen Ort die Bergfreiheit. Glückssucher kamen hierher, auch die Familie von Gottlieb Just. Seit ein abstürzender Fels seinem Vater das Bein zerschmettert hatte, stieg er für ihn in den Schacht.

Meist arbeitete der Sechzehnjährige allein im »Silbertrumm«, so auch an jenem Unglückstag: Mit seinen Gedanken weilte Gottlieb wieder beim Vater am Krankenbett. Vielleicht überhörte er deshalb die Warnzeichen des Berggeistes. Die Stützhölzer begannen zu knacken und binnen Sekunden begrub das herabprasselnde Gestein den jungen Bergmann und versperrte für immer den Weg.

Als Gottlieb die Augen aufschlug, stand der Berggeist vor ihm. »Ach, lasst mich noch einmal den Himmel, den Harz und mein Vaterhaus sehen«, bat Gottlieb. »Wohlan, dann folge mir«, sagte der Alte und berührte mit seiner Rute die Wand. Er führte Gottlieb durch ein Labyrinth von Gängen, das keinen Anfang und kein Ende zu haben schien. Lange gingen sie schweigend nebeneinander her. Dann kündigte ein warmer Luftzug den Ausgang an. Hier schob der Berggeist den Verschütteten ins Licht.

Als Gottlieb sein Dorf, den Himmel und das Gebirge sah, begann er schneller zu laufen. Der Silberbart, der ihm inzwischen gewachsen war, wehte ihm wie eine Schleppe nach. Auf den Wiesen unterbrachen die Mäher ihre Arbeit und die Frauen starrten dem Rennenden hinterher, denn einen solchen Mann hatte bislang noch keiner von ihnen gesehen. Am Dorfrand spritzten die Kinder kreischend auseinander, so sehr erschreckte sie die fremde Gestalt.

Gottliebs Elternhaus gab es nicht mehr. Bäume und Sträucher wuchsen an dieser Stelle empor. Er nannte den Nachbarn seinen Namen, aber niemand vermochte sich zu erinnern. Keiner hatte ihn vermisst. Sie brachten Gottlieb zum Pfarrer. Aber auch der war ratlos und staunte den Besucher in seinem altertümlichen Bergmannskittel mit großen Augen an. Gottlieb erzählte, wie er im »Silbertrumm« verschüttet gewesen, wie er ohnmächtig geworden und vom Berggeist ans Licht geführt worden war. Doch der Pfarrer schüttelte den Kopf und seufzte besorgt: »Man schreibt jetzt das Jahr Eintausendsiebenhundertzweiunddreißig und den Silbertrumm gibt es schon lange nicht mehr.«

Der alte Bergmeister wurde gerufen. Der las aus vergilbten Papieren, dass die Grube schon 1532 eingestürzt und ein Bursche aus Grund darin elendig umgekommen sei. Ob da auch ein Name stehe, wollte der Fremde wissen. Noch einmal beugten sich Pfarrer und Bergmeister über die Schrift. »J-u-s-t«, buchstabierte der eine. »Gottlieb Just.« Und der andere sagte mit stockender Stimme: »Dann ist das ja auf den Tag genau zweihundert Jahre her …«

Sie geleiteten den Besucher noch hinüber zum Friedhof. Dort setzte er sich zwischen alten Gräbern auf einen Stein. Am Abend wollte ihn der Pfarrer in sein Haus bitten, aber Gottlieb Just hatte seine lange Schicht gerade beendet – und war tot.

Das Schneiderlein aus Schwenda

In Schwenda hatten sich Goldsucher aus Venedig bei einem Schneider einquartiert. Dieser war besonders neugierig und wollte allzu gern wissen, was die geheimnisvollen Fremden in der Nacht trieben, wohin sie am Morgen gingen und vor allem wie der Goldstaub auf ihre Schuhe kam. Aber den Männern war einfach nichts zu entlocken. Sie verklebten ihre Fenster, damit niemand hineinsehen konnte, und sicherten, wenn sie fortgingen, ihr Zimmer mit einem zusätzlichen Schloss. Der Hausherr durfte ihre Unterkunft nicht betreten und sollte er ihnen nachstellen, drohten sie, ihm seinen Kopf vor die Füße zu legen.

Das war unmissverständlich und zeigte Wirkung. Das Schneiderlein übte sich in Zurückhaltung. Aber eines Morgens siegte die Neugier in ihm. Unbemerkt folgte er der kleinen Schar. Diese hielt auf eine unterhalb der Josephshöhe gelegene Klippe zu, die man noch heute Güldener Altar nennt. Dort verschwanden die Venediger im Felsen und kamen erst bei Einbruch der Dunkelheit wieder hervor. Jedem saß ein gut gefüllter Rucksack auf den Schultern und ohne Aufenthalt liefen sie in ihr Quartier.

Mit dem Ende des Sommers trafen sie Anstalten für die Heimreise. Sie kauften Pferde und Wagen, entlohnten den Schneider und sprachen von einer Rückkehr im nächsten Jahr. Kaum waren das Rumpeln und Rattern der Wagen verebbt, eilte der Schneider an den geheimen Ort. Er fand den Eingang in den Berg und nahm von den bereitstehenden Schätzen, was er fortschaffen konnte. Aber das war ihm nicht genug. Er kam wieder und das Ganze geschah noch einige Male.

Als das Frühjahr anbrach, kehrten die Venediger aus dem Süden zurück. Schon am Tag nach ihrer Ankunft gingen sie zu ihrem Versteck. Auf dem Boden lagen einzelne Goldstücke. Kisten waren aufgebrochen, andere nur noch zur Hälfte gefüllt. Jemand musste ihr Geheimnis entdeckt haben und während ihrer Abwesenheit hier eingedrungen sein. Der Verdacht fiel sofort auf den Schneider. Zum Schein kündigten die Fremden deshalb eine längere Reise an. Sie blieben aber in der Nähe des

Auerberges und legten sich am Güldenen Altar ins Gebüsch. So wurde der Dieb auf frischer Tat ertappt. Weil der Schneider wusste, was ihn erwartete, war das Gezeter groß. Er flehte die Schatzsucher um Gnade an. Diese berieten sich lange miteinander. Am Ende durfte der Schwendaer den Kopf behalten, seine rechte Hand schlugen sie ihm aber zur Mahnung ab. Dann zahlten sie, was sie noch schuldig waren, und kehrten nie wieder nach Schwenda zurück.

Ganz anders erging es einem Stolberger Jäger. Den luden zwei Fremde, die auf der Josephshöhe gruben, zu einer lustigen Rutschpartie ein. Dazu musste sich der Stolberger mit seiner Flinte in einen Trog legen. Nach einer rasanten unterirdischen Fahrt, von der er nicht sagen konnte, ob sie eine halbe Stunde oder einen Viertel Tag gedauert hatte, stiegen sie in Venedig aus. Sie flanierten durch alte Gassen, aßen vornehm zu Mittag und tranken so viel Wein, dass die beiden Männer alle Mühe hatten, den Stolberger wieder in den Trog zu bugsieren. Sie drückten ihm noch eine ausgenommene Gans in die Hand, die mit Ringen, Gold und Edelsteinen gefüllt war. So kam er am Abend wieder auf der Josephshöhe an. Und als er seiner Frau davon erzählte, sah diese ihn nur misstrauisch an, roch an ihm und konnte diese Geschichte einfach nicht glauben.

Der Wilde Mann

Während des Mittelalters hatten die Landesherren Spezialisten aus Böhmen und dem Erzgebirge in den Oberharz gelockt, um den Bergbau zu beleben. Auf der Suche nach Bodenschätzen waren einige von ihnen auch ins Tal der Innerste vorgestoßen. Steil stiegen hier Berge und Felsen empor. Dunkel und undurchdringlich war der Wald. Ein ideales Versteck für Berggeister, für Wichtel und wilde Tiere. Die Männer waren deshalb auf der Hut.

Einmal kam ein Bursche, den man zum Wasserholen ausgeschickt hatte, schreiend und weiß wie ein Käse ins Lager zurückgerannt. Zunächst glaubten alle, ein aufgeschreckter Keiler habe ihm die Hauer in den Hin-

tern gerammt. Dann aber erzählte der Gehetzte, dass ein Fußabdruck im Schlamm der Auslöser für seine Panik war. Die Männer brachen in großes Gelächter aus und wollten die Fundstelle unbedingt sehen. So führte sie der junge Bergmann zum Fluss und zeigte ihnen die Spur. Da verging auch dem Letzten das Lachen, denn einen solchen Abdruck hatte noch keiner von ihnen gesehen: Für einen Riesen war er zu klein, für ein Menschenwesen hingegen eindeutig zu groß.

Von diesem Tag an hielten sich die Bergleute bei der Arbeit dicht beieinander. Nachts stellten sie Wachen auf. Eines Morgens entdeckte der Anführer gleich hinter ihrem Lager eine ähnliche Spur. Mit Äxten und Knüppeln bewaffnet gingen die Männer der Fährte nach. Sie kamen zu einer Höhle, vor der ein Feuer brannte und ein behaarter Hüne mit geschlossenen Augen in der Sonne saß. Er trug einen Laubgürtel um die Lenden, eine Mooskappe auf dem Kopf und sah wie ein Riese im Wachstum aus. Neben ihm hockte ein Weib. Das war ebenso behaart und gekleidet und nur wenig kleiner als er. Kaum hatte der Waldmann die Eindringlinge bemerkt, gab er sich kampfbereit und wirbelte eine bewurzelte Tanne über seinem Kopf. Dann griff er nach seinem überraschten Weib und flüchtete mit ihm in den schützenden Wald.

Einige Tage später kamen die Bergleute abermals und lauerten den beiden vor ihrer Höhle auf. Ein Netz schwirrte über die Ahnungslosen. Der Mann bot all seine Kräfte auf, um frei zu kommen. Es gelang ihm, ein Loch in das Flechtwerk zu reißen, durch das seine Frau gerade noch rechtzeitig entwischen konnte. Dann sprangen schon die Angreifer von allen Seiten herbei und überwältigten ihn. An Händen und Füßen gefesselt und an einer Stange aufgehängt, schleppten sie ihn fort. Ein Eichenkäfig wurde sein neues Zuhause. Man reichte ihm das Essen, aber er aß nicht. Man gab ihm zu trinken, doch er verweigerte den Krug. Auch der Versuch, ihn angekettet im Berg arbeiten zu lassen, misslang. Womit man ihm auch drohte, er rührte keine Hand. Als der Herzog von dem Halb-Riesen erfuhr, wollte er ihn als Attraktion an seinen Hof haben. Gut bewacht und eingepfercht in seinen Kasten trat der Wilde Mann die Reise nach Braunschweig an. Erreicht hat er die Stadt jedoch nicht. Er starb auf halbem Wege. Ob vor Erschöpfung oder aus Kummer über den Verlust von Weib und Natur blieb sein Geheimnis.

und zielte dreimal auf die Hostie am Stamm. Als er anschließend in die Luft schoss, stürzte ein Falke tot vom Himmel, und als er zwischen die Bäume hielt, traf es ein Reh. Das nahm er mit und legte es einer Witwe mit sieben Kindern vor die Tür. Von nun an wandte sich in seinem Leben alles zum Guten. Kein Schuss verfehlte mehr sein Ziel, die Wilddiebe wurden häuslich und blieben, wenn er im Wald war, lieber daheim.

Aus dem einst unglücklichen Burschen wurde ein bewunderter Förster, von Mädchen und Frauen nunmehr begehrt. Oft bot

er in heiterer Runde ein Kunststück als Schütze dar, manchmal schoss er auch gleich aus dem Fenster den Braten für Freunde und Nachbarn. Darüber vergaß er im Laufe der Jahre, wem er sich einst im Wald verschrieben hatte.

Als seine Zeit abgelaufen war, fiel es ihm wieder ein und er haderte mit seinem Schicksal. In der Nacht, in der er starb, hörte man es in seinem Haus laut schreien und poltern, gerade so, als würde sich jemand mit allen Kräften zur Wehr setzen. Am folgenden Morgen blieben die Läden geschlossen. Man fand den Freischütz, auf einem Hirschfell ausgestreckt, vor seinem Bett. Ein blauer Streifen zog sich um seinen Hals. Den Mund hatte er geöffnet wie für einen allerletzten Schrei und seine weit aufgerissenen Augen verrieten: Als letzten Besucher hatte er den Teufel gesehen.

Das entlaufene Kind von Questenberg

In Hecken und Gärten jubilierten die Vögel. Auf Feldern und Wiesen, auf Hügeln, im Wald. Überall grünte und blühte es. Der Mai hatte begonnen. Heiter glänzte der Himmel und die Bewohner von Questenberg bereiteten sich auf das Pfingstfest vor.

Da zerriss ein Hornsignal das friedliche Leben. Vom Burgturm her zeigte der Wächter ein Unglück an. Des Ritters Töchterlein war verschwunden. Wie ein Lauffeuer eilte die Nachricht durch das Tal und sprang von Haus zu Haus. Das Kind war zum Spielen in den Wald gegangen und nicht zurückgekehrt. Vielleicht hat es sich verlaufen, meinten die einen, und jeder hoffte, es sei nichts Schlimmeres passiert.

Boten wurden ausgesandt und die Questenberger stiegen, angeführt von einem Jäger, auf die Höhen und durchkämmten den Wald. An der Suche beteiligten sich die Bewohner weiterer sechs Dörfer. Als die Männer bei Einbruch der Dunkelheit heimkehrten, war das Mädchen nicht dabei. Auch der zweite Suchtag verlief erfolglos. Am dritten Pfingsttag aber entdeckten die Questenberger auf einer Waldwiese bei Rotha das

entlaufene Kind. Jutta saß vor einer Köhlerhütte und band gerade einen Blumenkranz. Man setzte sie dem Köhler auf die Schultern und im Triumphzug brachten die Männer das Mädchen nach Questenberg zurück.

Große Freude herrschte in der Burg. Endlich konnten die Eltern ihr Kind wieder in die Arme schließen. Die Kinderfrau steckte das Taschentuch weg und der Koch köpfte ein Huhn. Daraus kochte er dem Mädchen erst einmal eine kräftige Bouillon. Der Köhler wurde indes vom Burgherren reichlich belohnt.

Den Dörfern, deren Bewohner sich an der Suche beteiligt hatten, schenkte der Ritter einen Gemeindewald. Die Rothaer bekamen zudem noch die Wiese, auf der das Kind gefunden wurde. Dafür mussten sie dem Pfarrer von Questenberg an jedem Pfingstsonnabend vier Harzer Käse und einen Laib Brot bringen. Sollte aber die Verabredung nicht eingehalten werden, dürften sich die Questenberger im Nachbardorf ein Rind von der Weide holen. Schließlich verfügte der Burgherr noch, dass man alljährlich zur Pfingstzeit ein Fest feiern sollte, um auch nachfolgende Generationen an die gemeinsame Suche und an die glückliche Heimkehr des Kindes zu erinnern.

Das über dem Dorf gelegene Gipfelplateau wird im Volksmund »die Queste« genannt. Hier ragt, im Felsen verkeilt, ein mächtiger Eichenstamm empor. An einem Querholz hängt, dreimal so groß wie ein Wagenrad, der mit Zweigen geschmückte Questenkranz, ein mögliches Sinnbild für Juttas Blumenschmuck. Am Pfingstmontag ziehen die Questenberger schon vor Sonnenaufgang mit ihren Gästen zum Plateau hinauf, wo mutige Männer neunzig Meter über dem Tal den Kranz des Vorjahres herunternehmen. Der wird am Nachmittag mit frischem Grün erneuert und hängt dann, weithin grüßend, bis zum nächsten Pfingstfest an seinem althergebrachten Platz.

Das Erinnerungsfest für die entlaufene Jutta hat aber noch eine ältere Wurzel: Lange bevor das Christentum in der Harzgegend Einzug hielt, befand sich eine germanische Wallburg und Kultstätte auf dem Berg. Hier huldigten unsere Vorfahren ihren Gottheiten und hier begingen sie auch ihr Frühlings- und Fruchtbarkeitsfest. Dabei wurden Licht und Sonne als die Quelle allen Lebens gepriesen. Pfingsten, den Geburtstag der Kirche, an dem sich das Ostergeschehen vollendet, gab es damals noch nicht.

Brunnengeist vom Regenstein

Wie ein Wächter ragt der Regenstein aus der Landschaft empor. Von der einstigen Burg ist nur wenig geblieben. Unter dem Großen Kurfürsten zur Festung ausgebaut, hatte sie der Preußenkönig Friedrich II. später bis auf die Grundmauern schleifen lassen. Die in den Felsen geschlagenen Räume stammen aus einer noch früheren Zeit. Wie die Reste des Bergfrieds und dieser großartige Felsenthron lassen sie ahnen, welche Bedeutung dem Regenstein einmal zukam. Bereits unter Heinrich I. soll es hier eine Feste gegeben haben. Und weil sich diese auf nacktem, »reinem« Stein erhob, siegelten die hiesigen Herren wahrheitsgemäß als Grafen von Reinstein. Da fehlte bis zum Regenstein nur ein winziger Schritt.

Während des Mittelalters besaßen die Regensteiner eine Vormachtstellung im Harz, die bis in sein nördliches Vorland reichte. Vierzehn Burgen nannten sie zuweilen ihr Eigen. Sechzig Vasallen standen ihnen zu Diensten, und selbst so wehrhafte Städte wie Quedlinburg oder Halberstadt wurden belagert, bekämpft oder begaben sich unter ihren Schutz. Ins Volksgedächtnis haben sich die Regensteiner aber nicht als Beschützer sondern als gnadenlose Raubgrafen eingebrannt. Für diesen moralischen Niedergang weiß die Sage einen plausiblen Grund:

Einst residierte ein Graf namens Friedrich auf dem Regenstein. Weil mit ihm das Geschlecht der Regensteiner aussterben würde, wünschten sich er und seine Frau nichts sehnlicher als ein Kind. Aber es wollte ihnen nicht gelingen. In seiner Verzweiflung wandte sich der Graf an den Geist des Ahnherren. Vor Jahrhunderten verbannt, hauste er im Burgbrunnen und gab schon so manch guten Rat. Nachdem ihm nun Friedrich seine Sorgen anvertraut hatte, sprach die Nebelgestalt: »Was du gewünscht, das soll geschehen. Was danach kommt, man wird's verstehen.« Dem Grafen wurde bei diesen Worten ganz warm ums Herz. Frohgemut eilte er in die Kammer und legte sich zu seiner schlafenden Frau.

Nach neun Monaten brachte die Gräfin tatsächlich einen Stammhalter zur Welt. Der bekam den Namen Konrad. Im Jahr darauf lag wiederum

ein Knäblein in der Wiege, das wurde Helmold genannt. Erneut ging der Graf zum Brunnen, um dem Geist auch für dieses Geschenk zu danken. Als dieser den Namen des Winzlings hörte, entfuhr ihm ein Freudenschrei. »Dies Kind wird mein Erlöser sein!«, jubelte der Geist, schwang sich über den Brunnenrand und rauschte davon in sein feuchtes Verlies.

Erst jetzt erkannte Friedrich, dass es sich bei dem geheimnisvollen Vorfahren um den wilden Helmold handelte.
Weil dieser so viele Morde und Un-

taten begangen hatte, wurde er seinerzeit in den Brunnen verbannt. Die Geburt eines Regensteiners mit seinem Namen und die Zerstörung der Burg würden ihn von diesem Schicksal erlösen.

Obwohl sich die Eltern stets bemühten, beide Knaben gerecht zu behandeln, ließen sie dem Stammhalter doch mehr Aufmerksamkeit angedeihen. Das erboste Helmold. Er wurde aufmüpfig gegen seine Eltern, quälte Tiere und drangsalierte die Dienerschaft. Kaum, dass er alt genug war, floh er und wurde zum Anführer einer gefürchteten Räuberschar. Als ihn die Nachricht vom Tod seiner Eltern erreichte, forderte er von Konrad die Herausgabe seines Erbteils. Später versöhnten sie sich wieder, doch Helmold verleitete nun auch den Bruder zur Wegelagerei. Mit ihren Spießgesellen entwickelten sich die Regensteiner zu einer regelrechten Landplage. Sie überfielen Klöster und Dörfer, Städte, Herrensitze und so manchen Kaufmannszug. Eines Tages hatte der Herzog von Braunschweig die Nase voll und schickte ein Heer. Das belagerte den Regenstein und zerstörte am Ende die Burg. Damit hatte sich die Prophezeiung erfüllt. Ein letztes Mal fuhr der Brunnengeist herauf und Helmold konnte endlich seinen Frieden finden.

Der Silberne Nagel

Ein Mann aus Stolberg suchte am Auerberg nach Erzen. Doch wie er es auch anstellte, er hatte kein Glück. Als er wieder einmal mutlos vor seinem Schürfloch saß, stand eine Frau vor ihm, schlank und weiß gekleidet und mit einem Blick, als wäre sie nicht von dieser Welt. Die Fremde versprach ihm zu helfen, vorausgesetzt, er würde sie heiraten und hernach kein Wort mehr verlieren über das, was sie einst war.

Der Bergmann bedachte alles Für und Wider. Hilfe hatte er dringend nötig. Eine Frau suchte er schon seit Langem und die gerade vor seinem Schürfloch stand, hatte das richtige Alter und war zudem noch wunderschön. Er willigte ein und bestellte das Aufgebot. Am Tag nach der Hochzeit wanderten die Frischvermählten zum Auerberg. Unterwegs zog die Frau einen silbernen Nagel aus ihrem Kleid und schlug ihn neben sich

in den Boden ein. Alsdann forderte sie ihren Mann auf, an dieser Stelle zu graben. Da kam eine Silberader zum Vorschein, so gewaltig und rein, dass ihm um die Zukunft nicht mehr bange war.

Das Glück hielt nun vollends Einzug unter ihrem Dach. Der Bergmann erlangte großes Ansehen in seiner Genossenschaft, während seine Frau ob ihrer Hilfsbereitschaft und ihres freundlichen Wesens überall beliebt war. Dieser Zustand hätte wohl noch ewig so fortdauern können, wäre dem Bergmann nicht eine ungeheuerliche Dummheit passiert. Einer Nichtigkeit wegen gerieten die Eheleute in Streit. Ein Wort ergab das andere und als dem Mann die Argumente ausgingen, nannte er seine Frau einen Erdkloß und machte ihr das frühere Dasein zum Vorwurf. Bestürzt stand sie am Türstock und sah den Mann, der sie erlöst hatte, mit leeren Augen an. Abschied nehmend ging sie noch einmal durch alle Räume. Dann verließ sie das Haus. Einige wollen sie auf dem Weg durchs Zechental gesehen haben; andere auf einer Klippe über dem Kalten Tal. Der verzweifelte Ehemann ging sie suchen. Am »Silbernen Nagel« fand er ihr Tuch. Sie hatte sich in den Schacht gestürzt.

Von Stund an war es mit dem Silbersegen in der Grube vorbei. Als Berg- und Erdgeist, heißt es, habe man die Weiße Frau noch gelegentlich beim Mundloch sitzen und trauern sehen. Einige wollten wissen, dass die Erzader eine Mächtigkeit von acht Fuß hatte und der eingeschlagene Nagel eine Länge von sieben Zoll. Es heißt auch, wenn ein weißer Sperling auf dem Stolberger Schloss brütet und ein Rosenstock von sieben Ellen Länge an der Schlossmauer emporwächst, würde sich der Gang von Neuem öffnen und der Bergsegen zurückkehren.

Ein weißer Sperling wurde bisher noch nicht gesichtet, doch mit dem Rosenstock ist vermutlich ein Anfang gemacht: Am 16. Februar 1506 wurde Juliana von Stolberg auf dem hiesigen Schloss geboren. 2006 hatte man die Stammmutter des niederländischen Königshauses anlässlich ihres fünfhundertsten Geburtstages mit einem Denkmal und einer Kletterrose geehrt, die ihren Namen trägt. Die duftende Neuzüchtung soll bis zu vier, fünf Meter Höhe erreichen. Da nun der Abstand zwischen Ellenbogen und Mittelfinger bei einem Stolberger durchschnittlich 52 Zentimeter beträgt, wären die Voraussetzungen für die Wiederaufnahme des Bergbaus am Silbernen Nagel zumindest in diesem Punkt so gut wie erfüllt.

Prinzessin Ilse

Vor langer Zeit lebte ein cholerischer Harzkönig am Fuße des Brockens. Der hatte eine Felsenburg hoch über dem Tal und eine pubertierende Tochter namens Ilse, über die er eifersüchtig wachte. Das Mädchen war von unvergleichlicher Schönheit und der König setzte alles daran, es vorteilhaft unter die Haube zu bringen. Fast täglich drängten sich deshalb irgendwelche Freier zum Vorstellungsgespräch auf der Burg. Der Prinzessin waren diese aufgeputzten Männer ein Gräuel. Außerdem hatte sie bereits einen Liebsten, der vorzüglich zur Laute sang und in der Burg vis-à-vis wohnte. An dieser Verbindung war dem König aber rein gar nichts gelegen, weshalb er eine Ausgangssperre für die Tochter verhängte und dem Nachbarn Besuche und Lockgesang untersagte. Ein solches Verbot ließ sich freilich nur schwer kontrollieren, denn die Burgen standen dicht beieinander auf einem Felsen. Als der König einmal verfrüht von der Jagd heimkehrte, überraschte er die zwei auf seinem Lieblingsfell. Das brachte ihn derart in Rage, dass er sich seiner Abstammung vom Geschlecht der Riesen entsann und den Felsen zwischen den Burgen kurzerhand zerschlug.

Da saß nun die Prinzessin Ilse auf der einen und ihr Geliebter auf der anderen Seite des Tales und sie wussten sich keinen Rat. Getrennt wollten sie nicht weiterleben und zusammen konnten sie nicht kommen. Als die Sonne den neuen Tag ankündigte, sprangen sie von der äußersten Spitze ihrer Felsen und fanden gemeinsam den Tod.

Im Harz hat man diese zwei Liebenden nicht vergessen. Das Tal und das Flüsschen wurden später nach der Prinzessin benannt und den Felsen, auf dem die Königsburg gestanden haben muss, taufte man den Ilsestein. In seinem Inneren befand sich ein Schloss, in dem die Prinzessin zurückgezogen lebte. Frühaufstehern und Sonntagskindern soll sie zuweilen im Ilsetal erschienen sein – Blumen und Kräuter pflückend, aber auch badend in weißem Kleid.

Manch armem Tropf, so wird berichtet, habe sie aus seiner Notlage geholfen. Dem einen mit einem Kräutlein gegen die Krankheit, dem anderen mit ein paar Edelsteinen und etwas Gold. Einen Köhler, der an einem Sonntagmorgen von seinem Brandplatz unter dem Brocken kam, führte

sie in ihr unterirdisches Schloss. Dort wurde dem Mann vom Anblick der vielen Schätze ganz taumelig. Die Prinzessin ließ sich seinen Rucksack geben, den er am Ausgang gefüllt zurückbekam. Hineinschauen sollte er allerdings erst daheim und zusammen mit seiner Frau. Doch so lange hält es ein Harzer Köhler nicht aus. Bei der nächsten Brücke nahm er den Sack von der Schulter und riskierte einen Blick. Aber genau das hätte er nicht tun sollen! Das Behältnis war randvoll mit Tannenzapfen gefüllt. Die warf er verärgert in die Ilse und ging auf kürzestem Wege nach Hause.

Seiner Frau gegenüber verlor er darüber kein Wort. Als sie ihm nun am Abend den Proviant für die neue Woche einpacken wollte, kam alles heraus. Sie schüttelte, wie sie das immer tat, den Rucksack ihres Mannes zuvor noch einmal gründlich aus. Dabei prasselten drei zurückgebliebene Tannenzapfen nebst einer größeren Anzahl von Zapfenschuppen auf ihren Küchentisch, denn Zapfen wie Schuppen waren aus purem Gold. Der Köhler erzählte von der Begegnung mit der Frau am Ilsestein und von seiner Dummheit und Ungeduld. Aber selbst das Wenige, was ihnen geblieben war, machte die beiden glücklich und froh.

Ein Fuhrmann, dem unterhalb der Ilsefälle die Pferde durchgegangen waren, begegnete der Prinzessin ebenfalls. Und auch ihn winkte sie in Gestalt einer anmutigen schönen Frau in ihr Schloss. Im Stall sah der Fuhrmann seine zwei Braunen vor einer silbernen Krippe stehen. Obwohl es hier eine Menge stattlicher Pferde gab, wollte die Prinzessin unbedingt seine beiden behalten und versprach einen guten Preis. Der Ranzen, den sie dem Fuhrmann beim Hinausgehen gab, wurde dem Mann auf dem Heimweg mit jedem Schritt schwerer. Auch plagte ihn die Neugier und so griff er hinein. In seiner Hand hielt er einen gewaltigen Pferdeapfel! Er schlug die Ranzenklappe zurück und wühlte den Inhalt mit beiden Händen durch. Aber es blieben nur Pferdeäpfel. Etwa zwanzig Pfund! Die warf er in die Ilse.

Daheim entdeckte er noch ein paar Mistbröckchen am Grunde, die hatten sich zu Gold verwandelt. Der Fuhrmann eilte, so schnell er konnte, an jene Stelle zurück, an der er den Inhalt weggeworfen hatte. Aber es war nichts mehr zu sehen. Das Wasser der Ilse hatte auch dieses Geheimnis fortgespült.

Der Mönch im Zwölfmorgental

Auch im Harz und in seinem Vorland loderten während des Bauernkrieges die Feuer. Burgen und Klöster brannten. Das Landvolk hatte sich erhoben; Bergknappen und unzufriedene Stadtbürger schlossen sich ihm an. Bevor der Aufruhr das Kloster Himmelpforte bei Wernigerode erreichte, vergruben die Mönche noch einen Teil des Klosterschatzes, ergriffen ihre Bündel und rannten, den gebrechlichen Abt in ihrer Mitte, auf das Gebirge zu. Hinter Hasserode legten sie eine längere Rast ein, weshalb der Ort später den Namen Mönchslagerstätte erhielt. Von hier zogen sie in kleinen Gruppen weiter. Einige der Brüder suchten auf dem Brocken Zuflucht. Der Mönch Waldamus flüchtete auf den Marquardtsberg, heiliges Kirchengerät, Gold und allerlei andere Kostbarkeiten im Gepäck. In den Spalten der Felsen versteckte er seine Schätze. In einer Höhle nahm er Quartier. Dass die Hausherrin nur abwesend und eine Hexe war, ahnte er nicht.

Nach drei bangen Tagen trieb ihn der Hunger aus seinem Versteck. Im Wald suchte er nach Kräutern und Käfern und wurde dabei von einem Mädchen entdeckt. Es hatte Beeren und Pilze im Korb und gab bereitwillig davon ab. Papen-Anneke – ihr Vater war der Pope Unserer Lieben Frauen zu Wernigerode – versprach dem Mönch, ihm regelmäßig Milch, Eier, Butter und Mehl zu bringen und keinem Menschen etwas davon zu erzählen. Fast täglich ging die Jungfrau nun in den Wald und stellte das Gewünschte auf einen Stein. Gegen Mitternacht erschien der Mönch, nahm die Gaben an sich und ließ ein Goldstück zurück.

Nach einiger Zeit wurde der Verlobte des Mädchens misstrauisch. Er befragte sehr eindringlich seine Braut, sie aber rückte nicht mit der Sprache heraus und schwieg. Der Bräutigam drohte und drängte so lange, bis sie ihr Geheimnis schließlich doch verriet. Als der Mönch in der folgenden Nacht am Stein erschien, stand nichts darauf. Gerade wollte er fortgehen, da verstellte ihm der aufbrausende Verlobte den Weg. Er nannte Waldamus einen Wegelagerer und Verführer und griff nach seinem Hals.

Der Mönch sah sich verraten, stieß den Verlobten zur Seite und rannte hinauf zu seinem Felsenversteck. Hier erwartete ihn das nächste Unglück: Die Hexe Großmeime war zurückgekehrt. Ein furchterregendes Frauenzimmer mit feurigen Augen, mit Krallen an den Füßen, mit Gösselfedern an den Ohren und einer Nase, gebogen wie ein Türkendolch. Mönche konnte sie überhaupt nicht ausstehen und mit Eindringlingen machte sie für gewöhnlich kurzen Prozess. Waldamus warf sich vor ihre Krallenfüße und schilderte seine missliche Situation. Da hatte sie ein Einsehen und beschloss, den Mönch in ihre Dienste zu nehmen.

Bei Tagesanbruch schickte sie Waldamus ins Zwölfmorgental. Dort sollte er den Holzsammlern, die am Brunnen Rast machten, ihr Brot abnehmen. Aber das brachte er nicht übers Herz. So erbat er von jedem nur die Hälfte und für diese machte er ihnen noch

einen guten Preis. Die Nachricht, dass man im Zwölfmorgental Brot gegen ein Goldstück oder einen Edelstein eintauschen könnte, verbreitete sich wie ein Lauffeuer unter den Armen. Bald pilgerten allmorgendlich so viele Menschen zum Brunnen, dass Waldamus nur noch an jedem zweiten und fünften Wochentag erschien. Auch die Papen-Anneke und ihr Bräutigam hörten von dem Mönch im Zwölfmorgental. Sie backten ein besonders großes Brot, das sie ungeteilt eintauschen wollten. Waldamus aber erkannte die beiden schon von Weitem. Als sie vor ihm standen, sprach er seinen Fluch: Die geschwätzige Anneke verwandelte er in einen Wildrosenstrauch, ihren rabiaten Verlobten in einen Eichenbusch.

Danach wurde der Mönch hier nie wieder gesehen. Es heißt, weil er den Befehl der Alten nur halbherzig ausführte, soll sie ihn in eine Schlange verwandelt haben. Aber wer will das schon so genau wissen. Der Brunnen jedenfalls, an dem er so viel Gutes getan hat, wurde später Mönchsbrunnen genannt; Papenanneke heißt die Wiese, auf der sich Mönch und Mädchen das erste Mal begegneten. Auf dem Eierkuchenkopf dürfte die Übergabe der Backzutaten stattgefunden haben. Und vor nicht allzu langer Zeit zogen die Holzsammler nur an einem Dienstag oder Freitag in den Wald, gerade so als hofften sie doch noch einmal auf das Wunder im Zwölfmorgental.

Gerippe vom Bocksberg

Von Zeit zu Zeit kamen die Fremdlinge, die man gemeinhin als Walen bezeichnete oder Venediger nannte, auch nach Hahnenklee. Hier traten sie gewöhnlich als Hausierer auf, verkauften Medizin und exotische Gewürze, Spiegel und Schmuck. Diese Geschäfte dienten ihnen als Tarnung, denn in Wahrheit hatten sie anderes im Sinn. Ihre Wirte waren meist Bergleute und Förster. Aus denen lockten sie wichtige Neuigkeiten und Fundorte heraus. Was ihnen die misstrauischen Alten verschwiegen, erzählten und zeigten ihnen für ein wenig Glitzerzeug die Kinder.

Einmal beobachtete ein junger Bergmann, wie sich Hausierer bei Vollmond aus ihrem Quartier stahlen. Er ging ihnen nach. Die Fremden

schlugen den Weg zum Bocksberg ein und begannen an einer schwer einsehbaren Stelle zu graben. Nach ungefähr einer Stunde schien ihnen das Loch tief genug zu sein. Einer nach dem anderen stieg hinein und füllte sich zwei, drei Säckchen mit Erde ab. Der Bergmann hatte genug gesehen und schlich nach Hahnenklee zurück. Am folgenden Morgen berichtete er zwei Kameraden von seiner Entdeckung. Die waren reineweg aus dem Häuschen und malten sich bereits aus, was sie dort finden und mit dem vermuteten Reichtum anstellen würden.

Der Tag kam, an dem die Venediger weiterzogen. Gleich für die nächste Nacht verabredeten sich die Bergleute, um den Schatz zu heben. Aber der Ältere unter ihnen wollte plötzlich nicht mehr mit. »Was mir der Herrgott zugedacht,

das wird mir auch ins Haus gebracht«, sagte er und ließ sich nicht umstimmen. So zogen nur die zwei anderen bei Einbruch der Dunkelheit zum Bocksberg. Sie gelangten an die Stelle, an der die Fremden ihre Säcklein gefüllt hatten und begannen sofort zu graben, fanden aber nichts. Nach vier Stunden gaben sie auf. Gerade wollten sie gehen, da verursachte die Hacke des einen ein merkwürdiges Geräusch. Mit bloßen Händen buddelten die Männer weiter und legten schließlich ein Gerippe frei, das vermutlich zu einer Ziege oder zu einem Reh gehörte. Bei dieser Ausbeute mussten sie nun doch laut lachen und beschlossen, der Dritte sollte auch seinen Teil bekommen.

Sie packten den Fund in ein Bündel und gingen mit den Knochen nach Hahnenklee zurück. Am Haus des Freundes stand die Tür offen, wie es hier Brauch war. Vom Bett her rief ihnen die Hausfrau zu, dass ihr Mann bereits gegangen und eingefahren sei. Geschwind schlüpften die beiden in die Stube und legten das Gerippe auf dem Boden ab. Danach begaben auch sie sich zum Schacht, um wenigstens noch etwas an diesem Tag zu verdienen. Im Streb trafen sie den Freund, der ihnen die Enttäuschung trotz des schwachen Lampenlichtes schon von Weitem ansah. Sie arbeiteten noch bis zum Ende der Schicht, gingen dann gemeinsam nach Hause, jeder in sein Quartier.

Als der Ältere in seine Stube trat, wollte er seinen Augen nicht trauen: Überall standen kleine Hirschfiguren. Rehe und Schweine. Vögel und Ziegen. Lämmer, Kühe, ein Kalb ... – kleine Kunstwerke, aus Silber geformt oder aus purem Gold. Wie verzaubert stand der Bergmann im Licht, wog dabei das eine, mal das andere Stück in der Hand und schüttelte ungläubig den Kopf. Schließlich legte er sich zur Ruhe. Schlafen konnte er aber nicht.

Als seine Frau am Morgen die Stube betrat und all diese prachtvollen Gegenstände erblickte, stürzte sie sofort in die Kammer zu ihrem Mann, glaubte sie doch, er hätte etwas Unrechtes getan. Aber der Bergmann wusste auch keine Erklärung, murmelte nur seinen Spruch: »Was mir der Herrgott zugedacht, das hat er jetzt ins Haus gebracht.« Da sah ihn seine Frau an, als sei er nicht richtig im Kopf.

Nach dem Frühstück erschienen die beiden anderen Bergleute, um sich bei ihrem Kameraden für den Schabernack zu entschuldigen. Aber

der verstand nicht, was sie wollten, denn ein Gerippe hatte er nie gesehen. Dafür zeigte er ihnen, zu welch unerhofftem Reichtum er gekommen war. Den wollte er nun mit ihnen teilen. Er überließ dem einen die Figuren auf den Schränken, dem anderen jene auf der Fensterbank. Was dann noch blieb, war so viel, dass weder ihm noch seiner Frau um die Zukunft bange sein musste.

Die Venediger aber, die von der Entdeckung ihres Geheimnisses erfuhren, machten fortan einen großen Bogen um Hahnenklee. Die Fundstelle blieb seither verborgen. Es heißt, hundert Jahre hätte kein vierbeiniges Tier auf dem Bocksberg grasen dürfen. Doch wer könnte das schon garantieren, in Hahnenklee?

Der König im Hübichenstein

Auf dem Wege nach Bad Grund ragt ein gut vierzig Meter hoher Kalksteinfelsen neben der Bundesstraße 242 empor. In ferner Vorzeit hatte hier der Zwergenkönig Hübich sein Reich und unter der Erde ein Schloss. Niemandem war es gestattet, die Ruhe des Tales und des Königs zu stören; selbstverständlich herrschte für Menschenkinder striktes Kletterverbot. Um das mochte sich der Sohn des Försters aus Grund freilich nicht scheren. Wann immer er an der Felsennadel vorüberkam, juckte es ihm in Fingern und Zehen.

Eines Tages war er zum Holzsammeln im Wald. Der Heimweg führte am Hübichenstein vorbei. Diesmal wollte er es den anderen zeigen und gleich bis zur Spitze hinauf. Trotz aller Warnungen seiner Kameraden warf er voller Übermut sein Bündel vom Rücken und kletterte an der schroffen Wand empor. Er war geschickt und kam gut voran. Plötzlich – die Hälfte des Aufstieges lag hinter ihm – zog ein Unwetter herauf. Der Sturm riss ihm die Kappe vom Kopf und der Regen peitschte so heftig gegen den Stein, dass der Jüngling zuweilen nicht wusste, wohin er treten und greifen sollte.

Den Untenstehenden stockte bei diesem Anblick der Atem. Die Furcht, der Freund könne jeden Augenblick den Halt verlieren und abstürzen, ließ sie nicht mehr los. So erschien es denn auch allen wie ein Wunder, als der kühne Kletterer einige Zeit später winkend auf der Spitze stand.

Nach kurzer Verschnaufpause wollte er mit dem Abstieg beginnen, aber sein Körper reagierte nicht. Die Hände versagten ihm den Dienst und seine Füße lösten sich nicht vom Stein. Da wusste er: Das ist die Strafe des Hübichs. Der König der Zwerge hatte ihn auf seinem Felsen gebannt. Niemand würde ihn von hier herunterholen und über kurz oder lang läge er zerschmettert am Grund.

Jetzt bereute er seinen Hochmut, verfluchte sein frevelhaftes Tun und begann bitterlich zu weinen. Den Kameraden rief er zu, sie mögen seinen Vater holen, damit dieser ihn herunterschießen solle. Aus der Gruppe lösten sich zwei Gestalten. Die rannten hinüber nach Grund. Dreimal mussten sie dem Förster das Unglück berichten. Schließlich erhob sich der Alte und sah schon selbst wie ein Toter aus. Er nahm die Flinte vom Haken und verließ schweren Schrittes das Haus. Nach einer Weile bemerkte er einen Fremden an seiner Seite. Als sich der kleinwüchsige Graubart nach dem Grund für seinen Kummer erkundigte, stürzten dem Förster die Tränen über die Wangen. Mühsam erzählte er von seinem Sohn, der sich über altes Gesetz erhoben hatte und nun auf dem Hübichenstein darauf wartete, durch eine Kugel seines Vaters erlöst zu werden.

Das Männlein betrachtete den Förster schweigend. Kurz darauf verschwand es, als hätte sich das Erdreich unter ihm aufgetan. Der Förster aber, in düstere Gedanken verstrickt, ging weiter bis zum Hübichenstein, wo der verlorene Sohn auf der Spitze stand. Bei diesem Anblick zerbrach es ihm fast das Herz. Wie gern hätte er jetzt das eigene Leben für das seines Kindes gegeben. Aber die Würfel waren gefallen.

Er brachte das Gewehr in Anschlag und zielte. Die Hände gehorchten ihm nicht. Er probierte es noch einmal, jedoch das Zittern blieb. »Geh nach Hause, alter Mann«, hörte er eine Stimme sagen. »Es ist genug gelitten.« Als er aufsah, stand vor ihm das Männlein, das ihn ein Stück des Weges begleitet hatte. Jetzt erkannte er es auch: Es war der Hübich, der König aus dem Zwergenreich. Der Förster befolgte seinen Rat und kehrte zurück nach Grund. Im selben Augenblick verzog sich das Unwetter

und der Vollmond leuchtete über dem Hübichenstein. Auf einmal waren ein Knistern und Wispern zu vernehmen, ein Scharren und Knarren, Kommandorufe, Schritte und Marschgesang. Gruppen geschäftiger kleiner Männer traten aus Erdspalten und Wurzelwelten hervor. Sie trugen Lampen und Leitern und kletterten auf unsichtbaren Stufen am Hübichenstein empor. Oben erlösten sie den Jüngling und geleiteten ihn sicher hinab. Mit gesenktem Haupt stand er vor dem Zwergenkönig und man sah es ihm an, dass er seine Lektion gelernt hatte.

Da öffnete sich der Felsen und der Hübich nahm ihn mit in sein unterirdisches Schloss. Hier verwahrte er die Schätze des Berges und beschenkte nun den Jüngling überaus reich. Von dem Gold ließ dieser eine Kirche in Grund errichten und vollbrachte noch manch andere gute Tat. Vor allem aber sorgte er dafür, dass der Hübichenstein auch über seinen Tod hinaus geschützt blieb. Dieses Versprechen hatte er dem Zwergenkönig geben müssen. Im Dreißigjährigen Krieg schossen allerdings Tillys Soldaten mit ihren Kanonen die Spitze herunter. Seither, heißt es, habe sich der Hübich den Menschen nicht wieder gezeigt.

Ein Hündchen als Retter

Den frühen Tod seiner ersten Frau vermochte König Heinrich III. lange Zeit nicht zu verwinden. Als er nun die gemeinsame Tochter heranwachsen und ihrer Mutter immer ähnlicher werden sah, verliebte er sich in sie und begehrte eines Tages das eigene Kind zur Frau. Das Mädchen flehte ihn an, sich diesen Unsinn doch aus dem Kopf zu schlagen. Aber je mehr es sich sträubte, desto beharrlicher verfolgte der Vater sein Ziel. Der Termin für die Hochzeit wurde festgesetzt. Und weil die Tochter nicht ein noch aus wusste und lieber sterben als den eigenen Vater heiraten wollte, rief sie zur heiligen Gottesmutter und bat diese inständig darum, ihr das zu nehmen, was sie für den Vater so begehrlich machte.

Als die Prinzessin am Hochzeitsmorgen in den Spiegel sah, blickte sie auf einen fremden Körper und in ein von Pickeln und Beulen übersätes schiefes Gesicht. So fand sie wenig später der festlich gekleidete König

vor. Heinrich schrie auf wie ein verletztes Tier, er tobte und schäumte vor Wut. Was sollte er mit einer so hässlichen Braut? Er rief nach der Wache und legte die Hinrichtung noch für den Abend fest.

Da herrschten ein Durcheinander und eine Aufregung in der Pfalz. Die Minister versuchten, den König umzustimmen. Der Hofgeistliche eilte beschwörend herbei und erinnerte an die Macht des Himmels und an Gottes Wort. Am Ende zeigte sich Heinrich lediglich zu einem Aufschub bereit. Die Tochter sollte eine Altardecke für den Dom zu Goslar weben. Aus edelstem Damast und verziert mit allem, was auf der Erde fleucht und kreucht, was geht und schwimmt. Ganze acht Tage wollte er ihr dafür Zeit geben. Schaffte sie es, behielte sie ihr Leben. Wenn aber nicht, blieben ihr nur Galgen und Strick.

Da saß nun das Mädchen in seinem Verließ, spann Berge von Flachs und webte an einem riesigen Damasttuch. Aber so sehr es sich auch mühte, die gestellte Aufgabe war in dieser kurzen Frist nicht zu bewältigen. Abermals wandte es sich an die Mutter Maria. Doch die war anderweitig beschäftigt und offensichtlich nicht mehr interessiert. Das kam dem Teufel wie gerufen. Er bot der Prinzessin sogleich seine Hilfe an. Dreimal wollte sie der Satan zur Nachtzeit besuchen. Träfe er sie nur ein einziges Mal schlafend am Webstuhl an, gehörte ihre Seele für immer ihm. Das fromme Mädchen war einverstanden und die Arbeit ging ihm nun leicht von der Hand.

Am letzten Abend – das Tuch war schon fast vollendet – schlief die erschöpfte Prinzessin doch noch darüber ein. Zu ihren Füßen saß das Hündchen Quedel.

In all den Nächten hatte es treu gewacht, wenn über die fleißige Weberin die Müdigkeit kommen wollte. Als nun die Turmuhr elf schlug und der Teufel sich dem Verließ näherte, bellte der Hund so laut, dass die Prinzessin gerade noch rechtzeitig hochfahren konnte.

Da war die Wette für den alten Seelenfänger verloren. Wutschnaubend schleuderte er das Tier gegen die Mauer und empfahl sich mit einem gewaltigen Furz. Die Prinzessin aber war gerettet. Der Vater, als er das fertige Tuch auf dem Altar sah, empfand Reue, vergoss eine Menge Tränen und heiratete, nachdem er Kaiser geworden war, eine ihm gemäße andere schöne Frau. Die Prinzessin widmete sich von nun an dem geistlichen Leben. Zum Gedächtnis an ihr Hündchen und an das, was ihm und ihr geschehen war, gründete sie ein Kloster in Quedlinburg. Dort machte man den kleinen Quedel später zum Wappentier.

Heinrichs Tochter wurde im Dom zu Goslar beigesetzt. Bis zum Jahre 1822 zeigte man dort ihren Sarg, in dem auch das einbalsamierte Hündchen Quedel lag. Der Sarkophag mit dem Herz des Vaters kam nach dem Abriss der Basilika in die ehemalige Pfalzkapelle St. Ulrich. Was aus dem Leichnam der Tochter und aus dem ihres vierbeinigen Retters wurde, ist nicht bekannt.

Fehlurteil

Agnes, die zweite Frau von Kaiser Heinrich III., besaß in der Kaiserpfalz zu Goslar eine Kemenate, in der sie bedeutsame Schriftstücke und wertvolle Gegenstände verwahrte. Außer ihr hatte nur noch ein treuer Diener Zugang zu diesem Raum. Eines Tages, die Herolde vermeldeten die Rückkehr ihres Gatten von einer weiten Reise, eilte sie geschwind in ihre Kemenate, um sich zurecht zu machen. Weil sie wusste, wie sehr der Kaiser eine bestimmte Brosche an ihr liebte, wollte sie dieselbe noch rasch anlegen. Aber das kostbare Schmuckstück befand sich nicht an seinem Platz und ließ sich auch nach längerer Suche nicht finden.

Sofort fiel der Verdacht auf den Diener. Der wurde herbeibefohlen und man verlangte ein Geständnis. Der alte Mann zeigte sich indes genauso

entsetzt wie seine Herrin. Je heftiger er allerdings der Kaiserin gegenüber seine Unschuld beteuerte, desto weniger wollte diese ihm glauben. Am Ende wurde der Diener zum Tode verurteilt. Noch ehe er es recht begreifen konnte, stand er vor dem Richtklotz und alle warteten auf sein letztes Wort. Was aber sollte er sagen? Schuldig bekennen konnte er sich nicht und alles andere lag nicht in seiner Hand. Voller Trauer blickte er hinüber zum Gestühl, wo die Kaiserin saß. Mehr zu sich selbst gesprochen sagte er, dass die Sonne seine Unschuld eines Tages schon ans Licht bringen werde. Daraufhin kniete er nieder und der Scharfrichter vollzog, was sein Berufsstand von ihm verlangte. Den Körper des Toten steckte man in eine Kiste mit Sägemehl und vergrub diese außerhalb der Friedhofsmauer. So ging man in Goslar mit Dieben und Mördern – und manchmal auch mit einem Unschuldigen um.

Die Jahre vergingen und längst hatte die Kaiserin, inzwischen Witwe geworden, den Diener und die Brosche vergessen. An einem sonnigen Tag saß sie am Fenster ihrer Kemenate und blickte in einen Baum, an dem sie sich schon oft erfreut hatte. Aber irgendetwas war diesmal anders. Sie bemerkte ein Funkeln und Glitzern im Blattwerk und rief nach einem Bediensteten, der nachschauen und das Rätsel lösen sollte. Bald danach sah sie ihn über die Wiese rennen, eine Leiter auf der Schulter und sekundiert von einem zweiten Mann. Behänd kletterte er in den Baum und entdeckte ein Elsternest in der Krone. Darin lag zwischen Ringen, Perlen und Scherben auch der verloren geglaubte Schmuck.

Als nun die Kaiserin die Brosche in ihren Händen hielt, kam ihr die alte Geschichte wieder in den Sinn. Ganz deutlich hatte sie das Gesicht ihres Dieners vor Augen und seine letzten Worte im Ohr. Da bereute sie ihr großes Misstrauen und seinen Tod. Sie verkaufte die Brosche und machte einen Teil ihres Besitzes zu Gold. Davon stiftete sie ein Kloster auf dem östlich von Goslar gelegenen Berg. Das bekam den Namen des Apostels Petrus. Und so wurde aus der bis dahin namenlosen Höhe der Petersberg, um den sich manche Sage rankt.

Einmal hatte dort ein Knabe eine blaue Blume gepflückt, mit der er den Berg aufschließen konnte. Er ging hinein und gelangte in einen Saal, der voller wiehernder Rösser stand. In einem anderen speisten vornehme

Männer und Frauen von goldenen Tellern. Das Kind lief nach Hause und erzählte seinen Eltern davon. Aber als diese vor die Tore der Stadt zogen, fanden sie am Petersberg weder die blaue Blume noch den Eingang. Da nach Aussage des Knaben einige der an der Tafel Versammelten kostbare Kronen trugen, kann man wohl davon ausgehen, dass sich hier frühere Bewohner der Kaiserpfalz trafen, unter denen mit Gewissheit auch die 1077 im Alter von zweiundfünfzig Jahren verstorbene Witwe Agnes saß.

Sage von der Rosstrappe

Von der Rosstrappe werden viele Geschichten erzählt. Einige berichten von einem Riesen namens Bodo und der Königstochter Emma, die in manchen Sagensammlungen auch Brunhilde heißt. Mit diesem Bodo war nicht gut Kirschen essen. Seine Macht soll bis weit ins Böhmische hineingereicht haben. Der dortige König litt sehr unter dem ruppigen Ungetüm, das ständig irgendwelche Forderungen an ihn stellte und für unangenehme Auftritte sorgte.

Am Schlimmsten gebärdete sich Bodo, wenn er böhmisches Bier getrunken hatte. Dann jagte er selbst der Wache und alten Frauen großen Schrecken ein. Niemand wagte es, sich dem Hünen entgegenzustellen. Um von ihm verschont zu werden, hatte ihm der König in einer sehr schwierigen Stunde die Hand seiner Tochter versprochen. Der Vorschlag gefiel Bodo, denn von Misch-Ehen versprach man sich in Riesen-Kreisen viel. Die schöne Emma aber verzieh ihrem Vater diese Eigenmächtigkeit nie.

»Lieber als Jungfrau sterben, als mit diesem Lulatsch ins Bett!«, soll sie trotzig ausgerufen haben, nachdem sie von den Plänen des Vaters erfuhr. Wann immer der Riese auf Freiersfüßen unter ihrem Fenster stand, drohte sie ihm mit dem vollen Nachttopf und gab ihm einen Korb. Das war für ein Großmaul aus dem Geschlecht der Riesen beleidigend. Bodo beschloss deshalb, den Willen der Jungfrau zu brechen und sich endlich zu holen, was ihm versprochen worden war.

Emma aber war auf der Hut und platzierte ihre Zofe auf dem Bergfried. Die gab der Prinzessin das vereinbarte Signal, sobald sie den anrücken-

den Riesen erspähte. Geschwind sprang Emma auf ihr Pferd und ergriff schleunigst die Flucht, des Vaters goldene Krone auf dem Kopf, Schmuck und Wechselwäsche im Mantelsack.

Als Bodo mitbekam, dass er genarrt worden war, ließ er seinen Rappen Sporen und Peitsche spüren und setzte der Fliehenden nach. Emmas Ross flog wie ein Zauberpferd dahin, während der Riese auf seinem Ritt Schneisen der Verwüstung hinterließ. Längst hatte Emma Böhmen hinter sich gelassen und Thüringen erreicht. Von dort ging es über das Kyffhäusergebirge und weiter in den Harzwald hinein. Aber ihr Vorsprung verringerte sich zusehends. Schon war in der Ferne der harte Hufschlag des Rappen zu vernehmen. Emmas Schimmel jagte auf den Höhenzug zu, an dessen Ende der alte Tanzplatz der Hexen lag. Im allerletzten Moment erkannte die Prinzessin die drohende Gefahr und brachte das sich hoch aufbäumende Ross zum Stehen. Vor ihnen tat sich ein Abgrund auf. Fast senkrecht fielen die Felsenwände zu beiden Seiten ins Tal hinab. Unten schäumte und brodelte zwischen dunklen Steinen der wilde Fluss.

Gegenüber, ein wenig niedriger als der Tanzplatz der Hexen gelegen, erblickte Emma eine Klippe – ihre einzige Chance. Dorthin musste sie, koste es, was es wolle. Schon vernahm sie das Schnauben des Rappen und das Höhnen des Riesen dicht hinter sich. Sie riss den Schimmel herum und galoppierte, um Anlauf zu gewinnen, ihrem Verfolger entgegen, wendete dann aber auf halbem Wege und jagte, die Fersen in die Flanken des Pferdes gepresst, noch einmal dem Rande der Klippe zu und – wagte den tollkühnen Sprung. Die Funken sprühten wie ein Feuerwerk, als der Vorderfuß ihres Rosses den Felsen traf und einen so tiefen Eindruck hinterließ, dass man die Trappe noch heute an dieser Stelle sieht.

Emma, selig über den geglückten Sprung, sah nun auf dem gegenüberliegenden Hexentanzplatz den vor Wut schäumenden Riesen heranpreschen. Zu spät erkannte Bodo die Tücken des Tales. Sein Pferd verfehlte die rettende Klippe. Ross und Reiter stürzten kopfüber in den Fluss. Dort sitzt Bodo, so will es eine der Sagen, auf dem Grund der Bode und bewacht in Gestalt eines schwarzen Hundes die Krone aus Böhmen, die Emma – oder war es Brunhilde? – bei ihrem Sprung verloren hatte. In manchen Nächten, heißt es, könne man im Bodetal unter Wasser einen Hund heulen hören. Was aus dem Pferde geworden ist? Man weiß es nicht.

Der Bergmönch

Fünf Jahre arbeiteten sie nun schon gemeinsam in dieser Grube. Aber so etwas war ihnen noch nie passiert! Gerade waren die beiden Andreasberger vor Ort angekommen, bemerkten sie, dass ihr Bergmannsgeleucht kein ordentliches Licht warf. Und als sie nachsahen, fehlte das Öl. Würden sie jetzt umkehren, es käme sie teuer zu stehen, denn der Steiger hielt für ein solches Versäumnis harte Strafen bereit. Blieben sie jedoch bis zum Schichtende, fänden sie vermutlich nicht wieder heraus.

Während sie mit sich rangen, sahen sie in der Ferne ein Licht. Nun hofften sie, es sei einer der Ihren, der ihnen mit etwas Öl aushelfen könnte. Als die Gestalt dann aber mit erhobener Lampe zu ihnen trat, verschlug es den Männern den Atem und das Werkzeug glitt ihnen aus der Hand. Vor ihnen stand, die Kapuze tief ins Gesicht geschoben und so riesenhaft groß, dass er sich bücken musste, der Bergmönch. Den Männern trat der Angstschweiß auf die Stirn, aber der gebeugte Riese redete beruhigend auf sie ein. Dann erbat er ihr Geleucht und füllte es bis zum Rand mit Öl. Daraufhin hob er das Gezäh vom Boden und brach in einem halben Stündchen so viel Erz aus der Wand, wie es den beiden Andreasbergern nur an zwei, drei guten Tagen gelang. Ehe er wieder entschwand, nahm er ihnen noch das Versprechen ab, Stillschweigen über diese Begegnung zu bewahren.

Als die Männer am Abend wieder zu Hause waren, wollten sie wie gewohnt, ihr Bergmannsgeleucht auffüllen. Sie zogen den Pfropfen und sahen voller Erstaunen, dass kein Tröpfchen Öl mehr hineinpassen würde. So blieb es auch in den nächsten und in allen noch folgenden Tagen und sie wussten, wer sie so reich beschenkt hatte. Voller Dankbarkeit erinnerten sie sich an den gebeugten Mönch im Berg.

Viele Jahre später saßen die beiden an einem Sonntagabend gemeinsam mit anderen Bergleuten beim Bier. Es ging fröhlich und ausgelassen zu und irgendwann fragte jemand die zwei Freunde, weshalb weder der eine, noch der andere jemals beim Lampenfüllen zu beobachten sei. So plauderten sie die fast vergessene alte Geschichte doch noch aus. Wie gewohnt zogen sie am nächsten Morgen zur Arbeit hinaus. Als sie aber,

an der Grube angekommen, ihr Geleucht entzünden wollten, gelang ihnen das nicht. In dem Behältnis befand sich kein Tropfen Öl. Von nun an war alles wieder wie früher und sie allein kannten dafür den Grund.

Der Bergmönch, heißt es, sei ein leidenschaftlicher Bergmeister gewesen. Als sein Ende nahte, habe er den lieben Herrgott gebeten, ihn bis zum Jüngsten Tage im Berg zu lassen – als Beschützer der Bergleute und als Wächter über die Gruben. Wenn ein Bergmann seine Pflicht verletzte, war er zur Stelle. Und manchem setzte er so sehr zu, dass er tot liegen blieb.

Die Entdeckung der Baumannshöhle

Welch eine Aufregung in Rübeland! Der Knappe Friedrich Baumann war verschwunden. Niemand hatte ihn heimkommen, niemand am Morgen fortgehen sehen. Die Nachbarn drängten sich in der Hütte der Eltern. Ein Suchtrupp kehrte unverrichteter Dinge zurück. Die Totenglocke zu läuten, wagte man bislang jedoch nicht.

Dann – drei, vier Tage waren bereits vergangen – kroch eine gespenstische Erscheinung in Menschengestalt aus dem Berg und wankte dem Hüttendorf zu. Die Eltern erkannten den Sohn nicht sogleich und schlugen bei seinem Anblick das Kreuz. Sein Haar war schlohweiß, das Gesicht verzerrt und der Körper von den durchlittenen Strapazen völlig entstellt.

Baumann hatte den Eingang einer Höhle entdeckt, deren Inneres er auf eigene Faust ausforschen wollte. So stieg er eines Abends noch einmal allein in den Berg. Um den Ausgang später wiederzufinden, hinterließ er an den Wänden Markierungen; hier und da stellte er auch eine Fackel auf. Im Lichtschein zeigten sich ihm funkelnde Phantasiegestalten. Glitzernde Zapfen, oft mehrere Ellen lang, hingen von den Decken herab. Steinerne Säulen wuchsen ihnen vom Boden her tropfgenau entgegen. Baumann fühlte sich in eine unterirdische Traumwelt versetzt, die ihn Raum und Zeit vergessen ließ.

Immer tiefer drang der Knappe vor. Nach einer neuerlichen Rutsch- und Kletterpartie fand er sich in einer prächtigen Grotte wieder und erblickte darin einen kleinen See. Das war dann aber auch das Letzte, was Friedrich Baumann sah, denn die Fackeln waren niedergebrannt. Als er stolperte, verlosch auch sein Bergmannslicht.

Stille und Finsternis umgaben ihn wie ein schwerer Mantel. Sein Herz begann zu rasen. Er versuchte sich zu orientieren. Woher war er gekommen? Wohin musste er gehen? Wie ein Blinder fühlte er sich mit Händen und Füßen durch das Labyrinth. Stieß da mit dem Kopf an, dort mit den Schultern, dem Rücken, dem Knie. Manchmal fand er eines der eingeschlagenen Zeichen. Dann änderte er die Richtung und erwischte

doch immer wieder den falschen Gang. Halbtot vor Erschöpfung blieb Friedrich Baumann irgendwann liegen und schlief ein.

Wieder aufgewacht, tastete er sich weiter. Den letzten Brotkanten hatte er schon vor einer ganzen Weile verzehrt. Ob es draußen hell war oder schon wieder Nacht, wusste er nicht. Der Mut begann ihn zu verlassen.

Für jede weitere Suche fehlte ihm die Kraft. Frierend lag er am Boden und bat um einen gnädigen Tod. Im Traum sah er sich als Kind beim Forellenfangen im Wasser der Bode stehen, während Zicklein am sonnigen Hang weideten. Als er die Augen aufschlug, hatte ihn Gevatter Tod noch immer nicht geholt. In der Ferne aber gewahrte er ein schwaches Licht. Mühsam kroch er auf die Felsspalte zu und fand, wie durch ein Wunder, in die Welt da draußen zurück.

Bei den Eltern angekommen, schlief er einen vollen Tag und dann noch einmal eine ganze Nacht. Und als er die Augen aufschlug, hörte man ihn von den Berggeistern stammeln, denen er begegnet war, von tropfenden Zapfen, von Säulen und Glitzerfiguren und von einer Grotte, sehr breit und sehr hoch, und einem See darin. Er beschrieb den Anwesenden auch den Eingang, dann übermannte ihn abermals der Schlaf.

Nach drei Tagen läutete die Glocke und sie schaufelten sein Grab. Schon bald danach begaben sich die Männer, denen er von seiner Entdeckung erzählt hatte, zur Höhle und fanden alles genau so vor: Da gab es die den Fels hoch laufenden Schildkröten, aus Tropfsteinen entstandene Tiere und Zwerge, Kinder- und Märchenfiguren, sogar einen Dieb.

All das hatte sich 1536 zugetragen. Die ersten Führungen fanden gut einhundert Jahre später statt. Damals soll ein in der Nähe wohnender alter Mann von einer Schatztruhe erzählt haben, die er bei seinem Besuch der Höhle gesehen hatte. Allerdings konnte er sie nicht mitnehmen, weil ein schwarzer Hund darauf wachte – mit glühenden Augen und einem Wolfsgebiss.

Auch Goethe besuchte die Baumannshöhle auf seinen Harzreisen und hörte von der Geschichte ihrer Entdeckung. Dreimal stieg der Dichter in diese phantastische Unterwelt ein und fühlte sich nicht nur als Mineraliensammler reich beschenkt und inspiriert.

Mehr denn je sind die Rübeländer Höhlen mit ihren von den Decken herabwachsenden Stalaktiten und den am Höhlenboden entstehenden Stalagmiten das Ziel heutiger Harzreisender. Wo sich die beiden Gebilde treffen, entstehen Stalagnaten. Das aber dauert, denn der Rübeländer Tropfstein wächst im Verlaufe eines Menschenlebens nur wenige Zentimeter. In hundert Jahren knapp dreikommafünf.

»Rutsche fort!«

Das mittelalterliche Rathaus am Marktplatz und das hoch über der Stadt thronende Schloss – kaum ist der Name der »bunten Stadt am Harz« heraus, schon hat man das Bild dieser beiden markanten Bauten im Kopf! Das Wernigeröder Rathaus verdankt sein Entstehen dem Traum eines Schäfers; das Schloss wiederum wäre an dieser Stelle nicht denkbar ohne die Gräfin im Nachtgewand.

Der Hirte träumte zur Mittagszeit neben seiner Herde. Ein zipfelmütziges Männlein besuchte ihn und zeigte ihm eine Stelle, an der ein Schatz vergraben lag. Diesen solle er heben, die eine Hälfte für sich behalten und von der anderen ein Haus errichten, wie man es in Wernigerode noch nicht gesehen hat. Aus der Tasche zog der kleine Kerl gleich noch den entsprechenden Bauplan.

Als der Schäfer erwachte, schliefen seine Hunde und von einem Männlein war weit und breit nichts zu sehen. Gedankenverloren griff er nach seinem Hut und heraus fiel tatsächlich der gefaltete Plan. Da holte er Hacke und Schaufel, ging an den bezeichneten Ort und machte sich ans Werk. Nach einer Weile mühsamen Grabens stieß er auf einen kupfernen Kessel, der war randvoll gefüllt mit Gold. Er nahm sich die eine Hälfte und zog, weil er ja nun ein wohlhabender Mann war, von der Schafhürde direkt in die Stadt. Dort ließ er denn auch das gewünschte Haus errichten, das alle bisherige Architektur in den Schatten stellte und den Bewohnern von Wernigerode bis ins nächste Jahrtausend hinein als Rat- und Hochzeitshaus dienen sollte.

Was Größe und Schönheit anbelangt, so ist auch das Wernigeröder Schloss ein Glücksfall. In seiner heutigen Gestalt scheint es einem Märchen- und Sagenbuch entsprungen zu sein und man meint, einen idealeren Platz für einen Herrensitz könne es gar nicht geben. Begonnen hatte aber alles auf dem gegenüberliegenden Berg. Dort stand die Harburg, deren wichtigstes Gebäude ein stattlicher alter Wehrturm war. In dem wohnten die ersten Herren von Wernigerode mit ihren Familien, den Wachen und der Dienerschaft. Die Ansprüche waren zu jener Zeit noch gering und

emke
03/2010

die Menschen arrangierten sich auf so engem Raum. Vom Frühjahr bis in den Herbst hinein bevorzugten sie ohnehin das Leben im Freien. Während des Winters aber, wenn die Kälte durch die Mauern kroch, wenn die Wäsche auf der Leine gefror und einem die steife Unterhose des Grafen oder die brettartige Leibwäsche der Köchin gegen die Stirn schlug, gab es häufig Zoff unter den Bewohnern. Dann stanken, weil nicht gelüftet wurde, selbst die Kleinsten nach Fusel, nach Rauch und gekochtem Kohl.

Solche Verhältnisse mussten, auf Dauer gesehen, auch den stärksten Burgherren mürbe machen. Einer, der zudem noch mit einer großen Nachkommenschaft gesegnet war, sann deshalb nach Auswegen. Aber er konnte es drehen und wenden, wie er wollte: Für einen Erweiterungsbau war einfach kein Platz. Ganz andere Möglichkeiten boten sich hingegen auf dem Berg vis-à-vis und oft blickte der Graf seufzend über das Tal. Allein für einen Neubau fehlte ihm das Geld. Seine Frau tröstete ihn so gut sie es vermochte. Und dann lag in der Wiege bald wieder ein Kind.

Eines Nachts, als ihr schnarchender Gatte im Traum hart um sich schlug, flüchtete die Gräfin vom gemeinsamen Lager, stieg zum Zinnenkranz empor und hielt Zwiesprache mit dem Mond. Plötzlich zupfte etwas an ihrem Nachtgewand. Vor ihr stand ein steingraues Männlein mit Spitzhut und Bart. Es war der von den Vorfahren übernommene Burggeist, der ihr manchmal erschien. Der Graubärtige hatte einen Blick für Menschen mit Sorgen und innerhalb dieser Mauern schon so manches erlebt. Nun hörte er von neuem Kummer und von dem Wunsch nach einer größeren Burg.

Die beiden standen noch einige Zeit schweigend beieinander. Der Harzwald rauschte und der Mond beschien die Szenerie. Der Burggeist riet der fröstelnden Gräfin, sich wieder zur Ruhe zu begeben. Beim Einschlafen glaubte sie, das Graumännlein zu sehen, wie es durchs Tor ging und danach in Gestalt eines Riesen zwischen beiden Bergen erschien. Dann bebten die Fundamente der Harburg. Kommandos schnarrten durch die Lüfte. Es rumpelte und rumorte, es ruckte und zuckte. Und dazwischen war wieder und wieder dieses »Rutsche fort!« zu hören. »Rutsche fort! Rutsche fort!«

Als die Gräfin am Morgen ans Fenster trat, war sie sich nicht sicher, ob sie noch träumte. Sie blickte auf Vertrautes hinab, doch sah sie es anders

und näher als sonst. Eilig rüttelte sie den Grafen wach und schob ihn vor das Fenster. Auch er war überwältigt und suchte eine Erklärung, für das, was er sah. Schließlich berichtete ihm die Gräfin von ihrer nächtlichen Begegnung. Jetzt mussten sie nur noch eins und eins zusammenzählen und verstanden, was geschehen war. Der Burggeist hatte, während sie schliefen, ihren Wohnturm und alles, was noch so zur Harburg gehörte, mit seinen Helfern ins Tal gerutscht und von dort wieder bergan bis auf den heutigen Schlossberg geschoben. Dort entstand im Laufe der Zeit eine Burg mit zahlreichen Zimmern, mit einer Kapelle, mit Schutzmauern, Türmen, Gesindehäusern und Kräutergarten. Und aus alledem wuchs in einer noch späteren Zeit dieses herrliche Schloss!

Dass sich die Grafen von Stolberg-Wernigerode auch als Grafen von Hohnstein, Königstein und Rutschefort bezeichneten, wirft ein zusätzliches Licht auf die nächtliche Rutsch-Aktion. Die in Frankreich gelegene Herrschaft Rochefort, einst auch Rutschefort genannt, gehörte den Stolberger Grafen bis zum Ausbruch der französischen Revolution. Sollte nun ein Harzgeist aus Wernigerode auch in den Ardennen tätig geworden sein? Eine Frage, die nicht nur den Sagensammler umtreibt.

Saufkönig von Ellrich

Ritter können zuweilen sehr dumm und unbesonnen sein. Besonders dann, wenn sie sich langweilen und es ihnen an einer ordentlichen Aufgabe oder resoluten Gattin fehlt.

In dem am Harzrand und in der Grafschaft Hohnstein gelegenen Städtchen Ellrich fand vor Zeiten ein übles Wetttrinken statt, an dem eine große Zahl adliger Herren teilnahm und über das man in den umliegenden Ortschaften noch lange sprach. Auch der Graf Ernst von Klettenberg war zu diesem Wettstreit erschienen, denn dem Sieger winkten der Titel des »Saufkönigs von Ellrich« und eine goldene Kette als Preis.

Bier und Wein flossen an diesem Sonntag in Strömen, und immer neue Fässer wurden herangerollt. Die Männer grölten, rülpsten und sangen, und es ging schon bald wie in einem Saustall zu. Nachdem man etliche

Stunden gezecht hatte, verdrehte einer nach dem anderen die Augen, rutschte vom Hocker oder fiel in den Dreck. Am Ende blieben nur noch vier Kandidaten übrig. Doch als sich der Mundschenk anschickte, ihnen die Humpen von neuem zu füllen, lag der eine bereits wie ein Sack vor seinen Füßen, und zwei andere knallten mit ihren Schädeln auf den Tisch.

Allein der Graf von Klettenberg zeigte sich noch trinkfest. Unter großem Hurra und Hallo legte man ihm die Kette des Siegers um den Hals und kürte ihn zum »Saufkönig von Ellrich«. Nachdem man seinen Sieg noch ein Weilchen gefeiert hatte, wollte der Graf nach Hause und seinen Rausch ausschlafen, und so halfen ihm vier Knappen aufs Pferd.

Auf dem Heimweg kam der Klettenberger an einer Kirche vorüber. Die Tür stand weit offen, und die Abendglocken riefen die Gläubigen zum Gebet. Da lenkte der frisch gekürte »König der Säufer« sein Ross zum Eingang und ritt in das Gotteshaus! Die Betenden sprangen entsetzt von ihren Bänken und wollten nicht glauben, was sie da sahen!

Das Pferd aber hatte den bunten Feldblumenstrauß auf dem Altar erspäht und trabte forsch darauf zu. Gerade als es seine Hufe auf die unterste Altarstufe setzen wollte, stürzte das Tier und verlor sämtliche Eisen. Der Graf fiel kopfüber zu Boden und war sofort tot.

Sein Leichnam wurde nach Klettenberg gebracht und dort zur letzten Ruhe gebettet. Die abgefallenen Hufeisen bekamen ihren Platz an der Kirchentür. Dort sollen sie jahrhundertelang gehangen haben: Den einen zur Erinnerung, Säufern und Frevlern aber als ewiger Fingerzeig.

Ganz in der Nähe von Ellrich liegt inmitten eines Naturschutzgebietes der Pontelteich. Mönche aus dem Kloster Walkenried hatten ihn einst für ihre Fischzucht angelegt.

Der Überlieferung nach taucht hier alle siebzig Jahre ein menschliches Gerippe aus dem Wasser auf. Die einen behaupten, diese Knochen gehörten zu einem frommen Bruder aus Walkenried, der sich hier aus Liebes- oder anderem Kummer ersäuft hat. Andere sind davon überzeugt, dass es sich um die Gebeine des Säufer-Grafen aus Klettenberg handelt.

Eine Frau, die hier einmal in der Frühe vorüberging, sah die Knochen über dem Wasser. Sie vernahm auch eine flehende Stimme, die immer wieder »Erlöse mich! Erlöse mich!« rief und zur Belohnung einen Gold-

schatz versprach. Da waren die siebzig Jahre gerade mal wieder um, und eine solche Chance, wusste die Frau, bekommt man im Leben nur ein einziges Mal. Sie warf ihre Kiepe ins Gras, rannte nach Hause und erzählte alles ihrem Mann. Der machte sich sofort auf den Weg. Doch als er den See erreichte, war von dem Gerippe nichts mehr zu sehen.

Der Spuk, heißt es, währe jeweils nur wenige Augenblicke. Und bislang machte noch keiner mit dem Gerippe vom Pontelteich sein Glück.

Der Schatz aus der Tidianshöhle

Einmal kam der Schäfer des Grafen von Falkenstein nach Quedlinburg und ließ sich das Haus des Goldschmiedes zeigen. Der saß gerade beim Essen und war über die Störung gar nicht erfreut. Was er denn wolle, herrschte er den Hirten an und vermochte sich beim besten Willen nicht vorzustellen, was ihm ein Mensch in diesem schäbigen Aufzug zu sagen oder zu bringen haben könnte. Da stellte der Schäfer seinen Rucksack auf den Tisch und breitete ein Dutzend funkelnder Edelsteine vor des Goldschmieds Teller aus. Dann griff er noch einmal in den Sack und holte einen Batzen Gold herauf. Der war so groß, dass er ihn mit beiden Händen fassen musste.

Bei diesem Anblick klappte dem Meister das Kinn so weit herunter, dass man meinen konnte, er wolle den Batzen und nicht die aufgespießte Kartoffel verschlingen. Die Köchin musste noch ein Gedeck auflegen. Und während der Schäfer mit großem Vergnügen das Gereichte aß, erkundigte sich der neugierige Goldschmied, wo und auf welche Weise er denn an den Schatz gelangt sei.

Der Schäfer, der gegen niemanden Argwohn hegte, berichtete von jener roten Wunderblume, die er im Selketal gefunden und an seinen Hut gesteckt hatte, worauf eine ihm bis dahin unbekannte Tür im Tidiansberg aufgesprungen sei. In einer hell erleuchteten Höhle habe er dann eine mit Ziereisen beschlagene hohe Schatztruhe vorgefunden und ein

paar Stücke daraus entnommen. Die wolle er jetzt verkaufen, um endlich heiraten zu können, denn der Vater seiner Braut, ein reicher Kaufmann, habe sich bislang hartnäckig dagegen gesträubt, seine Tochter einem so armseligen Schlucker wie ihm anzuvertrauen.

Da wischte sich der Goldschmied die Bratenreste aus dem Bart, holte seine Geldkassette aus dem Schrank und machte dem Schäfer einen guten Preis. Kurze Zeit später erfuhr auch der Graf von Falkenstein von dem Schatz im Tidiansberg. Er ließ den Hirten umgehend verhaften und auf die Burg bringen. Dort musste er dem Grafen jede Einzelheit berichten und anschließend mit ihm zur Höhle gehen. Als der Falkensteiner den Schatz erblickte, wollte er verhindern, dass noch jemand davon erfährt. Er entriss dem Schäfer die Blume und befahl dem Jäger, ihm die Augen auszustechen.

Schon am nächsten Morgen ritt der Graf, gefolgt von einer Wagenkolonne, zum Tidiansberg. Aber er fand den Eingang nicht mehr; sein Pferd hatte die Wunderblume vom Hut gefressen. Darüber geriet der Graf derart in Wut, dass er sich nach einem knorrigen Knüppel bückte und so lange auf das arme Tier einschlug, bis es zusammenbrach. Im Todeskampf trat das Ross aber noch einmal so kräftig aus, dass es seinen Peiniger gegen einen Stein schleuderte, auf dem er dann schmerzvoll starb.

Das Mädchen aber bekam seinen Schäfer. Und dass der blind war, störte es nicht. Weil das Gute in Märchen und Sage jedoch fast immer eine Belohnung erfährt, muss einem auch um diese beiden nicht bange sein: Als die fromme Schäfersfrau am Johannistag zum Kräutersammeln in den Wald ging, entdeckte sie auch die rote Wunderblume am Hang. Damit strich sie ihrem Liebsten über die Augen und danach konnte er wieder sehen.

Die Tidianshöhle aber blieb für immer verschlossen. Drei Grafen hätten gemeinsam auf dem Falkenstein regieren müssen. Von denen hätte der eine lahm, der andere blind und der Dritte taub sein müssen. Doch dazu ist es nie gekommen. Das Geschlecht der Falkensteiner starb bereits 1334 aus. Die Herren von der Asseburg, die später auf dem Falkenstein lebten und der Anlage ihr heutiges Aussehen gaben, brachten wohl viele Nachkommen zur Welt, aber nie einen Lahmen, einen Tauben und einen Blinden zu gleicher Zeit.

Die Sage von der Teufelsmauer

Der Teufel war sauer. Nicht mal ein Königreich besaß er auf Erden. Bei der Aufteilung der Welt war etwas schief gelaufen. Wenigstens den Harz hätte man ihm überlassen müssen. Da schlug der Herrgott, um den Streit zu beenden, eine Wette vor: Wenn es dem Höllenfürst gelänge, das gewünschte Gebiet in einer einzigen Nacht mit einer Mauer zu umgeben, fiele dieser Landstrich und alles, was sich darauf und darunter befand, an ihn.

»Top, die Wette gilt!«, soll da der Teufel sofort ausgerufen haben, damit es sich der Weltenschöpfer nicht noch einmal anders überlegte. Dann sauste er hierhin und flog dahin und noch einmal hinab in die Unterwelt, weil beim abendlichen Zählappell auch ja keiner fehlen durfte. Kaum war die Sonne im Sack, eilte das Heer der Helfer herbei. Die einen brachen mit Hacken und Stangen die Steine, die anderen transportierten sie heran. Die nächsten türmten sie zu einer Mauer auf. Das war ein Poltern und Krachen, ein Stemmen und Rennen, ein Schnaufen, ein Fluchen und Schreien, denn immer wieder knallten die Teufel in ihrer Hast mit den Köpfen zusammen oder ein Felsstück rutschte dem einen von der Schulter und quetschte einem anderen den Fuß.

Auch Luzifer schuftete wie ein Berserker, denn eine Nacht am Harz verrinnt ziemlich schnell, und das Gebiet, nach dem er trachtete, war riesengroß. Die Mauer wuchs beständig und schnell schien sich der Ring zu schließen. Aber gerade in dem Augenblick, als sich der Teufel nach einem passenden Schlussstein bücken wollte, krähte in der Ferne ein Hahn! Da war die Nacht vorüber, der Harz für den Teufel verloren und jede Chance vertan. Voller Wut schleuderte der Höllenfürst den Stein, der sein Werk vollenden sollte, ins Vorland, wo er nördlich von Ballenstedt liegen blieb. Dann rief der Tobende nach Blitz und Donner, trat selbst gegen die fast fertige Mauer und zerstörte sie.

Was der Ober-Teufel nicht wusste: Der neue Tag war noch gar nicht angebrochen. Der Hahn hatte vorzeitig gekräht und an dem misslichen

Ausgang der Wette trug allein eine Bauersfrau aus Timmenrode Schuld. Die war schon vor Mitternacht aufgebrochen und wollte zum Markttag nach Quedlinburg. In ihrer Kiepe hatte

sie Kartoffeln, Butter und Harzer Käse, Gemüse und Eier, zwei Dutzend und braun. In der Hand aber hielt sie einen verhängten Käfig. In dem hockte ein ahnungsloser Hahn. Den wollte sie verkaufen und hoffte, weil er so prächtig im Fleisch stand, auf einen guten Preis.

Bis zum Sonnenaufgang blieb noch eine knappe Stunde Zeit. Die Bäuerin schritt zügig aus. Manchmal fielen ihr freilich vor Müdigkeit die Augen fast zu, doch die Füße kannten den Weg. Als sie wieder einmal aufschaute, erblickte sie neben sich die Umrisse einer Mauer, die sie nie zuvor gesehen hatte. Sie glaubte, sich verirrt zu haben, und erschrak so heftig darüber, dass sie in einer Baumwurzel hängen blieb, ins Stolpern kam und fiel. Es gelang ihr gerade noch, die Eier zu retten, aber der Käfig lag neben ihr im Gras. Die Tür stand offen. Der Hahn war draußen, und als er die Bäuerin bäuchlings liegen sah, bekam er es mit der Angst zu tun, fing aufgeregt zu flattern an, und schmetterte sein völlig verfrühtes Kikeriki ins Land. Dies wiederum brachte den Teufel völlig aus der Fassung. Zum Glück, muss man heute schon sagen, denn bei einem anderen Ausgang der Wette befände sich der Harz vermutlich noch immer in Teufelshand.

Von dem zerstörten Bollwerk hat nur wenig die Zeiten überdauert. Zwischen dem Dörfchen Timmenrode bei Thale und Blankenburg ragen Reste der Mauer wie ein Felsenriff aus dem Vorland empor. Die Sandsteinfelsen sind verkieselt und zerklüftet und tragen teils so wundervolle Namen wie »Großvater«, »Mönch«, Papen- oder Königstein. Imposante Felsengebilde sind bei Weddersleben und mit den Gegensteinen auch bei Ballenstedt zu sehen. Kleiner und Großer Gegenstein bilden die östlichen Ausläufer der Teufelsmauer. Weil man hier Stimmen hören und Gold finden konnte, galten die Gegensteine immer als ein geheimnisumwitterter Ort. Ein einziger Blick genügt, um zu erkennen, dass nur ein Teufel diese beiden Kolosse hierher versetzt haben kann.

Den Wert der Teufelsmauer für die Nachwelt hatte man schon 1852 erkannt und stellte einen Teil dieser Naturschönheit per Polizeiverordnung unter Schutz. Den hätten die Hähne in der Harzgegend auch bitter nötig gehabt, denn nach dem Debakel im Morgengrauen war der Teufel auf sie nicht gut zu sprechen. Wo er solch einem gefiederten Zweibeiner begegnete, drehte er ihm den Hals um.

Watelinde im Bodetal

Auf dem Hexentanzplatz ging es schon in alten Zeiten hoch her. Hier feierten bereits die Germanen und vor diesen die Kelten ihre kultischen Feste. Bis ins späte Mittelalter hinein landeten Hexen aus ganz Deutschland an diesem schwer zugänglichen Ort, um nach ausgiebigem Schwof mit »Huiii!«- und »Holla«-Rufen auf frisch gefetteten Fluggeräten zur Walpurgisfeier auf dem Brocken durchzustarten.

Während die Party-Hexen hauptsächlich Ende April einflogen und selten mehr als einmal pro Jahr erschienen, war Watelinde ständig vor Ort. Die Oberhexe zählte zu den am meisten Gefürchteten ihrer Spezies. Nun tun sich Hexen bekanntlich mit dem Kinderkriegen so furchtbar schwer, weshalb sie ständig auf der Suche nach jungem Blut und fremdem Nachwuchs sind.

Einmal hätte es um ein Haar eine Magd aus Thale erwischt. Hilda war zum Kräutersammeln im Bodetal unterwegs. Von der Dunkelheit überrascht, presste sie ihr Körbchen fest an die Brust und eilte zähneklappernd neben der wild rauschenden Bode heimwärts. Nach kurzer Zeit bemerkte sie, dass jemand hinter, dann wieder vor, neben oder über ihr war. Sie lief schneller und immer schneller, aber das Unbekannte hielt mit ihr Schritt. Als Hilda schließlich erschöpft stehen blieb, erblickte sie über sich einen schwarzen Kater, der war groß wie ein Luchs und seine Augen funkelten wie Schmiedeglut.

Das Mädchen rannte um sein Leben und verlor dabei zuerst den einen, dann den anderen Schuh. Plötzlich, der Pfad war nur noch eine Elle breit, verwandelte sich das fauchende Ungetüm in eine bucklige Alte und versperrte Hilda den Weg. Es war die Hexe Watelinde, die sich mal wieder auf Lehrlingssuche befand und deren Reich an diesem Felsen begann. Wie eine Kralle schlug sie ihre Rechte in Hildas Arm, fest entschlossen, das Mädchen mit sich fort und hinauf zum Hexentanzplatz zu ziehen. Hilda wehrte sich nach Kräften, hatte aber keine Chance. In ihrer Not rief sie laut um göttlichen Beistand.

Die Felsen warfen ihre Worte vielfach verstärkt zurück und ihr Bitten wurde erhört. Sturm kam auf. Blitze zuckten am Himmel. Es rollte und

grollte und es krachte so gewaltig über dem Bodetal, dass die Hexe augenblicklich von Hilda abließ, um sich zurückzuverwandeln und in Sicherheit zu bringen. Doch zu spät! Ein Blitz schlug neben Watelinde ein. Noch ehe sie ausweichen konnte, schmetterte sie ein zweiter Schlag mit solcher Wucht gegen das Gestein, dass ihr Hexenherz aussetzte und sie, in eine Felsenfigur verwandelt, dort noch immer verharrt – harmlos für jedermann und als Hexengroßmutterstein verlacht.

An jener Stelle aber, an der sich Hilda und die Hexe begegnet waren, wurde später ein Gasthaus errichtet, welches zur Erinnerung an den missglückten Mädchenraub den Namen »Waldkater« erhielt.

In Thale erzählt man sich aber auch noch eine andere Geschichte. Danach soll einmal ein Gastwirt beim Weinpanschen erwischt und zur Strafe in einen Waldkater verwandelt worden sein. Den habe ein Jäger vor die Flinte bekommen. Weil das Tier sprechen konnte und dem Schützen ein Mai-Trunk-Rezept wichtiger war als ein Katzenfell, ließ er den Kater laufen. Aber die Rezeptur war falsch und der Trunk wieder gepanscht. Diesmal schien den Kater nichts mehr zu retten. Prompt lief er dem Förster erneut vor die Flinte. Doch bevor dieser abdrückte, fiel dem verwandelten Wirt ein vergrabener Schatz an der Bode ein. Er beschrieb dem Förster die Stelle und der fand die Kiste mit Gold. Davon erbaute er 1845 das gleichnamige Lokal und hatte sowohl dem Waldkater als auch dem Panscher ein Denkmal gesetzt. Und, wenn man so will, Watelinde vom Hexentanzplatz und Hilda aus Thale natürlich auch.

Wo sich heute die Stadt Thale erstreckt, gab es schon vor dem Jahre 935 ein Kloster. Dort soll während des Mittelalters ein Mönch namens Anselmus gelebt haben. Niemand vermochte zu sagen, was ihn veranlasst hatte, das Mönchshabit abzulegen, und jeder seiner Mitbrüder verfluchte den Tag, an dem sie ihn bei sich aufgenommen hatten. Anselm führte nur Übles im Schilde. Wer eine Missetat plante, fand in dem falschen Bruder einen treuen Verbündeten, der für Geld alles tat.

Das kam dem Ritter Heinrich von Homburg zu Ohren. Der hatte nicht weit vom Hexentanzplatz entfernt seine trutzige Burg, von der heute nichts mehr vorhanden ist. Der Raubritter war gefürchtet. Wer klug war,

legte sich mit ihm erst gar nicht an. Nun geschah es aber, dass der Ritter von Homburg ein Auge auf die Tochter eines Harzgrafen geworfen hatte. Allerdings zeigte sie dem ungehobelten Kerl die kalte Schulter. Auch ihr Vater begegnete dem Werben des Ritters mit einem klaren »Nein!«. Also schickte Heinrich eine Botschaft ins Kloster und Anselm versprach, die Widerspenstige zu entführen. Allein für dieses Versprechen erhielt er den ersten Beutel mit Goldtalern.

Das Geschäft war aber so übel eingefädelt und der Raub des Mädchens so von Grausamkeit geprägt, dass selbst der Herrgott die Beherrschung verlor. Er überließ den Mönch von Stund an dem Teufel und dieser verwandelte Anselmus in einen Felsen. Den sieht man – wie die Stein gewordene Hexe Watelinde – noch heute im Bodetal.

Hahn im Korb

Hier war es ein Berggeist, der den heißen Tipp gab. Dort eine Ziege. Ein mit den Hufen schlagender Rappe. Eine weiße Frau. Am Bocksberg soll es ein Hahn gewesen sein. Der hatte, nach Würmern suchend, unterm Klee ein Felsenstück freigelegt, das einen ausstreichenden Erzgang verriet. Bergleute ließen sich in der Folge hier nieder und nannten, damit niemand die Anfänge vergisst, ihre Siedlung Hahnenklee.

Als Hahn im Korbe dürften sich in späterer Zeit vor allem die jungen Männer gefühlt haben, deren Anzahl stetig schrumpfte. Einmal gab es gar so wenige, dass man sich um den Fortbestand von Hahnenklee ernsthaft sorgen musste. Der Burschennotstand machte sich in nahezu allen Bereichen bemerkbar. Vor allem natürlich im Bergbau, aber auch in den Hütten, den Schmieden und im Wald. Immer häufiger mussten deshalb Frauen und Mädchen die Arbeit der Männer verrichten. Einige von ihnen übernahmen sogar das Gezäh, das Arbeitswerkzeug ihrer Väter und verunglückten Brüder, und fuhren mit in die Gruben ein.

Bei einem solchen Burschenmangel konnte es nicht ausbleiben, dass sich die Mädchen im heiratsfähigen Alter um alles, was halbwegs nach Mann aussah und nach einem solchen roch, in die Haare gerieten. Da

wurde den Rivalinnen schon mal das Gesicht zerkratzt oder ein Ohr abgebissen. So trug es sich zu, dass zwölf Jungfrauen den gleichen Mann begehrten. Um diesen nun nicht in zwölf Stücke zerreißen zu müssen, wollten sie die Angelegenheit mit kühlem Kopf beraten. Sie trafen sich in einer Kuhle oberhalb von Hahnenklee. Dort bekräftigte jede Kontrahentin ihren Anspruch und keine wollte zurücktreten. Die Situation eskalierte und mündete in einen handfesten Streit. Die Mädchen gebärdeten sich derart rabiat, dass sie mit Stöcken, Fäusten und Steinen wild aufeinander einschlugen. Am Ende blieben zwölf schlimm entstellte Leichen auf dem Schlachtfeld zurück. Gottlob gab es noch eine dreizehnte Jungfrau. Die nahm dann den völlig verwirrten Mann.

Der Platz, an dem sich diese Tragödie zugetragen hatte, heißt noch heute der Mädchenrathausplatz. Und so man eine Mannsperson ist und dort entlanggeht, beschleicht einen noch immer ein mulmiges Gefühl.

Die Jungfrauen aus Andreasberg

An einem sonnigen Sonntagnachmittag spazierten drei Freundinnen aus Andreasberg einem stillen Waldort zu, den man die »Drei Jungfern« nennt. Die Mädchen waren guter Dinge und redeten wie ein Frühlingswasserfall. Jedes von ihnen hatte einen Liebsten gefunden und sehnte nun den Tag der Hochzeit herbei.

Wie sie so gingen und träumten, blinzelte die eine zufällig in die Sonne und erschrak gewaltig über das, was sie da sah: Aus den Wipfeln der Tannen schob sich ein runzliges Weibergesicht: Mit glotzenden Augen. Mit gelben Zähnen. Mit gelocktem Zottelhaar. Frau Holle, welche die Guten belohnte, die Unaufrichtigen und Faulen strafte, war mal wieder im Harz unterwegs. Auch die beiden anderen Mädchen entdeckten jetzt das schreckliche Weib über den Bäumen und standen da mit weichen Knien.

Die Alte hatte das Gespräch schon eine Weile belauscht. Mit einer Stimme, die nicht drohte, aber einen schaudern ließ, verkündete sie nun, dass

diejenige, die ihr in der nächsten Nacht die Hahnenkleeklippe scheuere, als Erste Hochzeit halten werde. Daraufhin verschwand Frau Holle. Erleichtert atmeten die Mädchen auf und liefen auf kürzestem Wege nach Andreasberg zurück. Am Abend trafen sie sich aber schon wieder, denn sie wollten, neugierig geworden, gemeinsam zum Bürsten auf die Klippen gehen. Schweigend schritten sie nebeneinander her. Je näher sie dem Hahnenklee kamen, desto unheimlicher wurde es ihnen in der Finsternis. Über ihnen rief ein Uhu. Äste krachten zu Boden. Ein aufgescheuchtes Stück Rotwild sprang aus dem Dickicht und hetzte davon. Donner grollten, aber ein Blitz war nirgends zu sehen …

Da wurde der Ersten plötzlich ganz komisch. Sie ließ sich nicht aufhalten und rannte, so schnell sie konnte, zurück. Nicht lange, und auch die Zweite bekam es mit der Angst, schimpfte auf die alte Holle und wollte nur noch weg von hier. Allein die Dritte, ein frommes und folgsames Mädchen, ging mutig weiter und kam auf dem Hahnenklee an, einem siebenhundert Meter langen Felsenmassiv. Sein Name lässt sich von einer älteren mundartlichen Bezeichnung für »hohe Klippen«, nicht aber von dem gleichnamigen Ort Hahnenklee herleiten.

Kurzentschlossen band die junge Frau ihren Rock hoch, ließ sich auf die Knie fallen und begann zu scheuern. Als sie die Bürste Stunden später aus der Hand legte, graute bereits der Morgen, schmerzten Hände, Rücken und Knie. Nun stand Frau Holle vor ihr und sah schon gar nicht mehr so unnahbar und abstoßend aus. Sie schaute sogar ein wenig freundlich drein und mit sanfter Stimme sagte sie: »Du bist gekommen, / ich halte mein Wort; / zum Altar führt dich / der Liebste bald fort.«

Voller Freude empfing das junge Mädchen diese Worte, bedankte sich, sprang fröhlich nach Hause und versank noch in einen schönen Traum. Als es aufwachte, lachte die Sonne ins Fenster. An der Tür aber wartete eine Schreckensbotschaft: Die Freundin, die zuerst fortgelaufen war, stand auf der Schwelle, bleich und mit verweintem Gesicht. Ihr Bräutigam wurde tot aus dem Schacht geborgen. Für sie gab es nun keine Hochzeit mehr. Noch in derselben Nacht starb sie und drei Tage später senkte man die Särge der beiden Liebenden in das gemeinsame Grab.

Der zweiten Freundin erging es nicht besser. Ihr Verlobter war noch im Krieg. Von dort kam eines Tages ein Päckchen, darin lagen ihre Briefe

und sein Verlobungsring. Einen anderen Bräutigam wollte sie nicht und so starb sie als alte Jungfer, vergrämt und allein. Nur die Dritte konnte ihr Glück festhalten. Damit wurden Mut und Fleiß belohnt. Beim fröhlichen Hochzeitsmahl erschien Frau Holle erneut, diesmal über dem Ofen. Dem Gast, der ihr am nächsten saß, reichte sie eine silberne Wiege herunter, gefüllt mit Silbergroschen aus St. Andreasberg. Dieses Geschenk kam den beiden Neuvermählten gerade recht.

Seither pflegten die Andreasberger beim Schüren im Ofen zu sagen: »Schürach sachte, de Frau Holle horcht mit!« Und wenn alle Versuche fehlschlugen und ein Mädchen überhaupt keinen Bräutigam finden konnte, dann empfahl man ihm, des Nachts den Hahnenklee zu scheuern. Danach klappte es meistens – und oft genug auch mit dem Kinderwunsch.

Buch-Tipp

Sie möchten noch mehr über die sagen- und märchenhaften Orte im Harz erfahren?

Dann empfehlen wir unseren informativen Harz-Reiseführer.
Nach Regionen geordnet, macht dieser Führer mit den wichtigsten Ortschaften, deren Sehenswürdigkeiten und Freizeitangeboten bekannt. Er beschreibt Ausflugsziele, wie den Brocken, die Teufelsmauer und die Burg Falkenstein und gibt Tourenvorschläge zum Wandern und Radfahren inklusive Höhenprofil.

Marion und Thorsten Schmidt
Harz – Der Reiseführer
Ein Führer durch Deutschlands nördlichstes Mittelgebirge
112 Seiten, Format 120 x 190 mm, 94 Fotos, 2 Grafiken, 4 Ortspläne, Straßenkarte
ISBN 978-3-936185-90-4 • 6.00 Euro

Literaturnachweis
Für seine Arbeit nutzte der Autor vor allem die Sagensammlungen von Heinrich Pröhle, den Brüdern Grimm, von Ludwig Bechstein und August Ey. Zum Weiterlesen und Vertiefen ist besonders die von Hans-Jörg Uther herausgegebene, wissenschaftlich zuverlässige und anregende Sammlung »Sagen aus dem Harz« (München, Diederichs 1994) zu empfehlen. Im Wartburg Verlag Weimar und Jena erschien 1996 Dietrich Kühns Buch »Sagen und Legenden vom Harz und vom Kyffhäuser«, in dem die Texte einem Themenkreis zugeordnet sind.

Bibliografische Information Der Deutschen Nationalbibliothek
Die Deutsche Nationalbibliothek verzeichnet diese Publikation in der Deutschen Nationalbibliografie; detaillierte bibliografische Daten sind im Internet über http://dnb.ddb.de abrufbar.

Lektorat: Marion Schmidt

Die Winde 45; 38855 Wernigerode; Tel.: (0 39 43) 2 32 46, Fax: (0 39 43) 4 50 10
E-mail: info@schmidt-buch-verlag.de
4. Auflage 2016, 16. - 25. Tsd.
Layout, Reproduktion und Bildbearbeitung: Schmidt-Buch-Verlag
Druck und Weiterverarbeitung: Grafisches Centrum Cuno GmbH & Co. KG

Internet: www.schmidt-buch-verlag.de

ISBN 978-3-936185-79-9